野性的呼喚

The Call of the Wild

傑克・倫敦
Jack London
著

野性的呼喚 The Call of the Wild

目次

{文學的拓荒者}
——傑克倫敦

想要月瞭解本世紀初，開始的年代的人，必得研讀傑克・倫敦的精神。

——F.路易斯・佩迪

由於我們在寫實主義的薰育下，時間已長於兩代，我們很難想像，在世紀的轉折間，統籌著美國雜誌的小說面貌。也許，最簡便的方法是回顧權威性的《大西洋月刊》，它在一八九九與一九〇〇年間，揭發了社會與政治的真切主題，然而小說在這些冊頁裡，卻甚少切中這個主題。舉例來說，瑪麗・約翰史東（Mary Johnstone）的《擁有與把握》（*To Have and Hold*），就是一系列的歷史性的羅曼史，它只描寫十七世紀早期的維吉尼亞州，場景包括賴福・波西船長（Captain Ralph Percy）與喬絲琳・蕾（Jocelyn Leigh）的戀愛，他們所歷經的搶劫和印第安的蠻荒等等。下面場景的敘述——是當時最流行的典型文體之一——描寫主人翁被捕，落在野人手裡，躺著等死時，所作的情緒幻想：

> 我被禁止在黑暗中啜泣，更不准對那隔開我和我的生命的帘幕大叫。死亡並嚇不倒我，但，每當我想到我必須留下她，一個人離去時，我眞要瘋掉。假如死亡這事能在一年以後才來到，那麼，我將可安睡整夜；現在——現在——花兒已完全枯萎，燙熱的淚珠再也不能喚回它的生命了……

像這類的小說，充斥於當時，因此，很顯然的，在美國讀者準備欣賞海明威之前，另一個新生代勢必在此一階段衍生。

假如W.D.郝威爾斯的清茶治療尚不曾革除一般小說——如蜜糖加香料的浪漫主義的話，那麼，曾被寫實家的理論忽略過的那些短篇小說，至今可能都還停留在蜜糖加香料的階段，而尚未改善。舉例來說，一八九九年八月號的《大西洋月刊》上，刊登E.S.費爾普斯的〈拉佛立尼斯：一個故事〉(Loveliness：A　Story）一開始便敘述說：「拉佛立尼斯坐在一個寬大、鑲滿櫻桃彩色小紫花的坐墊上……由於拉佛立尼斯是一隻小狗……是溫柔的泉源，使人身心協調。愛與被愛——這即是他的生命。」

像這樣，由美國早期文學雜誌上摘錄出來的例子，更可幫助我們解釋：為什麼這個階段被稱作「淡紫的十年」以及「阻礙發展的十年」。我們猶當記得，這個時期，也就是托爾斯泰《那清醒著的》（*The Awakening*）的文稿被《四海一家》雜誌編輯的刪定，湯馬斯・哈代的《藉藉無名者猶大》（*Jude The Obscare*）在哈潑公司，以《叛逆的心》為名被修改，狄奧多爾・德萊塞的《嘉麗妹妹》（*Sister Carrie*）由於立論不當，被雙日公司拒絕出版。在這種文學的溫室裡，傑克・倫敦以一股北極的寒冷空氣進入，堪納斯・林（Kenneth Lynn）曾經寫道：「除了與馬克・吐溫在美國維多利亞中期，所表現礦營式的幽默相向外，在我們的文學領域裡，從不曾出現過這麼優雅具威力的文體，而且它決定性地改變了美國小說的歷程。」

傑克甚少自視為這麼一個基督彌塞亞式的角色，他只認定在世上必得勇往直前。

——每一本雜誌都有它自己的作家路線，它依靠他們，而且在所有作家中，引他們爲偏好……因此，一個新進者，在他被接受前，必須在那些作家既有的園地上超越他們，否則他就必須自創一個新境地　　——傑克．倫敦信件八

在《約翰．巴利康》（*John Barleycorn*）裡，倫敦力辯說：「有些人生來就是富有，另一些人卻要受到金錢的威脅。但依照我的情況來說，我是被運氣財富所棒擊的人，而且苦痛的必然支配著我。」當他在一八九八年的夏天，從克隆岱克之旅剛回來時，家中的經濟情況相當地緊，傑克雖有多方面的才能，但卻沒有實際的技巧或手藝；因而，儘管他填寫了五張求職的信件，並登在三個報紙上，他仍然無法得到穩定的工作，只得屈就於一些瑣碎的零工，如割草、整飾花叢以及清理地毯。他在郵務人員的考試中，得到很高的成績，可是郵政局裡卻沒有空缺。在屢次的失望後，他再度執筆寫作，他並不把它當成一種職業，只覺得家中該有麵包放著。於是，他算了算報章文字的最低稿費是十

元，他開始坐下來，從克隆岱克之旅中，編纂一系列的故事。他強調說：「我寫那些文章，最初的信念，只是想賺十塊錢，而且那也是我僅有的意念。那些收入可以幫忙我維持生計，直到我找到一個穩定的工作為止。假如那時，郵政局有任何一個空缺的話，我一定已經鑽了進去。」(《約翰·巴利康》，頁二三八)

在九月，他寄出下面一封信給《舊金山公報》(*San Francisco Bulletin*)的編輯：

敬啓者：

我剛從克隆岱克住了一年，取道岱爾(Drye)以及吉爾庫特通道(Chilcoot Pass)回來。我離開聖·麥克斯道，而後，以一個小皮艇，在育空區航行二千五百哩。所航行的地區，完全是世界上的另一個角落。我抓住了那些生趣盎然的事，而且掌握它的浪漫情味，更對與我同投注在其中的人們，有深切的瞭解。

我剛寫好一篇四千字的文章，敘述從道森到聖·麥克斯的划艇歷程。在您的專欄裡，若有任何要求或批評，懇請您告訴我——當然，我全然瞭解：這篇文章是否被接受，完全看它在文學本質上的價值而定。

敬愛您的傑克・倫敦

傑克・倫敦信件三

這封信，似乎已成為出版史上的重大謬誤之一——那個編輯匆忙、草率地回覆他說：「阿拉斯加給人的興味已低落到被蔑視的程度；再者，這類題材已寫得相當多，因而，我不認為我們會買下你的故事。」

然而，最重要的是，在倫敦這封早期的信件裡，揭發了三個基本的事實。這三個本質，對於衡量他成為一個成功作家，占有相當重的分量。（一）「抓住那些生趣盎然的事。」（二）「掌握了故事的浪漫情味。」（三）「對與我同投注在其中的人們，有深切的瞭解。」對人的興味，豐富的想像力，憐憫的瞭解，這些都是他作品中的重要成分——而且，更與平實、才氣、幸運的銳力結合——促使他成為他那個年代裡最有名望的作家之一。另外一點，他並沒有提到，而事實上，他自己很清楚的是——他有虛構人物的天才，這一點，使得他的成就，遠遠超過與他同一時代的佼佼者。

但是，在荒涼的，一八九八年的冬天，這樣的成就與聲名似乎很遙遠。他竭盡所能，仍無法找到一個穩定的工作，而且，由於他沒有選擇生活的能力。他只得一面作零工，同時用一架租來的打字機，致力於寫作，打下了短文、詩歌、鬧劇、短篇小說的基礎——包括一篇二萬一千字，在《青春伴侶》（*Youth's Companion*）連載的文章。他甚至典當他的腳踏車以及冬衣，以便買郵票寄稿子——那些稿子，常因郵資不足而被退回原處。儘管挫敗一再，這卻是一段可貴的時期，它提供給倫敦在尋找工作之餘，一段深切、精透的練習。他在感恩節週末寫信給M.阿波羅該斯說：「我正在反學習中更新；我將以技巧帶領思想，直到技巧熟練為止；然後，我將再以思想帶領技巧，做到反之亦然。」之後，他又附加了一句悲鬱的事後回想說：「真不知我何時會被擊垮——我下星期也許去挖壕溝，或是去鏟煤炭。」（傑克・倫敦信件四）

下星期，他實際上所做的事是思索一封從《陸路月刊》(*Overland monthly*)寄來的信，《陸路月刊》是發行廣及全國、一份有威望的雜誌，早期由布瑞特·哈得(Bret Harte)創辦。這封信是這樣開始的：「我們已拜讀過您的文稿，而且非常喜歡它，甚而，儘管我們手上已有大量的稿子已接受而且付了錢，我們仍將在二月份裡即刻刊登您的作品——假如你能同意五塊錢稿費的話。」這樣的接受可能是成名之路，可是這樣子低的稿費，極難使一個人致富。三萬七千字的一篇文章五塊錢稿費，實際上，他去挖壕溝或者鏟煤炭，可能賺的錢都多於此。但是，他儘管失望，他仍接受《陸路月刊》的建議，繼續寫下去。在一八九八年，十二月二十五日——「這是我所曾面臨過的，最為寂寞的一個耶誕，」他發誓說：「新年是『前程的全翻改變』我將放棄我古舊陳腐的信條，從今而後，崇拜真主，『此處無神，只有機會，而幸運就是他的預言』，一個人停下來思考或引發了一個系統，他即會迷失。正如在其他的教條裡，信仰是唯一伴隨而來的補償一樣。假定這是一次百年大祭祀，我將犧牲無數的牛以及更多的初生犢——你只消看看我的嫋嫋薰煙便知(我指的是供神祭時所焚燒的香)。」

（傑克・倫敦信件九～十一）

一當他的新神底定，傑克・倫敦穿過了他生命的轉捩點後，就不再回頭了。兩個月後，當奧克蘭郵政局長電告他說：假如他準備工作的話，有一個郵件遞送的空缺，他可以做。開始時，月薪是六十五元——等於他打零工所得的兩倍——以後再視情況、機會，依例加薪，並有安全保險以及退休等福利。一個月的郵遞收入，多於他五年來的寫作所得——除非，他計算剛從《黑貓》雜誌接到的支票：一篇平常的科幻小說，有筆令人難以置信的稿費五十元，標題為〈一千次的死亡〉。這類的題材，他現在只消以眼睛銳利地掃射，即可寫就。也許這筆錢是個象徵，預示他運氣的真正改變；再者，他其餘的作品在與《陸路月刊》的交易上，所得更佳，該雜誌的編輯布萊基說：假如傑克能繼續寫作，像將在一八九九年一月及二月發表的〈給追獵的人〉與〈白色的寂靜〉一樣好的作品，那麼，他除了一則文稿可得七塊半的稿費外，在雜誌上另留一個主欄給他。雖然，當時，《黃金海岸大西洋》的威望已微有低落（畢爾斯如今提到它，說它是「溫暖的《陸路月刊》」），它仍是個有大名氣的雜誌。而且，儘管它的稿費不高，對一個藉藉無名的年輕作家來說，這正如一塊跳板。

在文學界成就遠景的渴望，誘惑著他，從沒有像此刻這麼激烈過；另一方面，接受一個有固定薪資，以及有安全保險的政府工作，也正急切地壓逼他作決定。倫敦在《約翰．巴利康》裡，敘述這種左右為難的情況是如何解決的：

我不能決定該怎麼辦。我將永不能原諒奧克蘭的郵政局長。我回過電話的，而且我像個男子漢一樣地對他說話，我坦白告訴他我矛盾的情況……現在，假如他願意暫時跳過我，而選取報名表上的第二個人，而在下回有空缺時，再打電話給我——

但是，他打斷了我的話，說：「那麼，你是不準備接受這個工作了？」

我堅持辯護道：「我是要這個工作的啊！您不看看，假如您這次暫時跳過我而……」

「如果你想要這個工作，你現在就得爭取它。」他冷冷地說。

我很高興，這個可咒的冷酷的人使我憤怒。

「很好，」我說：「我不爭取！」

(《約翰．巴利康》，頁二三九)

假如這個空缺的宣布早來十天，或者奧克蘭有一個更有禮貌的郵政局長的話，美國郵遞史上可能會增加一個額外的服務，「傑克．倫敦」這個名字也許會被粗心地分發在「無法投遞的信件」的辦公室裡。倫敦應該不只是原諒，而且還要感謝奧克蘭的郵政局長──由於他冷酷地回絕了他的電話。

春天──開路的時光──又再度引近了；但是這一次，對傑克僅剩的一條路，是引他致力於純文學的領域。在兩本被手指翻弄污損的書裡，已被編入檔案，現在以雙重鎖鎖著，安全地藏在猶他州州立大學圖書館，並只簡單地標寫著：

編號一．銷售雜誌　從一八九八年到一九〇〇年五月。

編號二．銷售雜誌　從一九〇〇年五月到一九〇三年二月。

這兩本不對外公開的書冊裡，不僅證實了傑

克・倫敦神話般崛起成功的傳說；它們也同時指出如哈得雷克斯所說的話：「一個狂熱寫作的叫人難以置信的故事，失望和挫敗接二連三，以及那固執堅持到底，成功的決心。」

編號一的書冊裡，顯示出倫敦和美國多數被退稿的作家一樣，在失敗的篇章裡，有很多比成功的篇章更值得人注意，更有價值。在一百零三篇表列的項目裡，只有五十七篇被刊出：而這五十七篇中，只有十四篇是第一次提出時即被接受的。其餘的，有三十多篇在被重複退稿後，就被永久地「退休」了；而其他的，有四篇重寫過後，被放到第二冊裡去。這冊一百零三個項目的書裡，總共收藏了超過四百篇的退稿。

除開作者叫人吃驚的固執和堅持外，這些資料最為動人處是在於它們的變化多端：短篇故事、十四行詩、八行韻詩、幽默的短文、鬧劇、小品文，主題遍布，從文典到經濟──每一篇都很簡短，一篇可售得五十分錢以上・舉一個例子來說，下面這個玩笑，曾在被退稿之前，寄往七個不同的期刊：

麥可：你的手臂是怎麼一回事啊？

彼得：當然，醫生說是複合的骨折，但是，我認爲是骨頭自己斷裂的。

很令人驚訝的是：這樣子的題材，有些居然賣得出去。下面這則八行雙韻詩，刊登在一九〇〇年五月的《城鎮論題》（*Town Topics*）上，這之前，它曾被退稿十一次（包括一年以前，也被《城鎮論題》退過一次）：

當他進來（爲什麼？）
　我只得出去。
去借了些錫罐
獨不知，他爲什麼要進來，

而我必得露齒而笑，
　由於他不見了；
回此，我進了去，
　而他已是在外地。

倫敦後來利用這首詩，稍加修飾後，當為《馬丁·伊登》（*Martin Eden*）早期為一個受雇作家的作品：「它不是藝術，」馬丁對R.摩斯承認說：「但卻是一個銀元。」一塊由這首詩得到的銀元，卻能使傑克・倫敦得以打破寄稿時郵資短缺的情況。作為這本書三分之一處的結尾，這首八行雙韻詩是一個轉軸。到此為止，退稿與被採用的稿子之比率是二比一；其餘部分，比率幾乎完全轉變過來——被採用的稿子比退稿多，其比率甚至好於二比一。這種趨勢在編號二的書冊裡，更是確定，而且顯示出，到了一九〇〇年的五月，倫敦已發現了他的力量所在與弱點所在。去除了那些蹩腳詩和鬧劇。七十二個項目裡，有超過一半以上的短篇小說，其餘的是專欄和小品文。整冊書裡，只有兩篇是退稿，而且其中的一篇，在倫敦後來出版的小品文集裡，曾重新刊登。

在這兩冊書中，最引人注意的是第一冊裡的第五十三篇：〈北國的奧得塞〉(An Odyssey of the North)，該篇在一八九九年的六月十日寄給《大西洋月刊》。兩天之後，傑克在一封寫給筆友克勞得斯來・約翰的信裡，抱怨道：「我一直在盲目地摸索、摸索著，尋求著我自己的獨特風格，因為這樣一個風格應該屬於我所有，而我卻一直都不曾發現過。」六個星期之後，《大西洋月刊》寄回〈北國的奧德塞〉，並批注說：假如他願意把這篇文字修短到三千字的話，就可被採用了。八月一日，倫敦寄回修改過的故事；而九月三十日，他即收到一張一百二十元的支票，以及為期一年的簽署。

被美國首要的文學月刊接受是傑克·倫敦文學生涯上的一大重要突破。《陸路月刊》曾帶給他在文學界的聲譽，《黑貓》雜誌也給了他經濟上的保障。而《大西洋月刊》帶給傑克的，除了文學的聲譽和經濟的保障外，另外更彌足珍貴的是：自信。自此以後，他不再盲無目的地摸索他個人的獨特風格。適合《大西洋月刊》的，更必然能被其他雜誌所接受。

到一八九九年的冬天，當他與哈福頓、密佛林公司（Houghton Mifflin）簽第一本書的合約時——這本書，收集了曾發表在《陸路月刊》的八篇克隆岱克故事，〈北國的奧德塞〉也包括在內——倫敦已經放棄了他早期業餘寫作的狂熱勁，而穩定地走上職業寫作之路，直至生命終止。「現在，我每天寫作一千字，一個星期工作六天，」他寫信給他的另一個筆友約翰說：「上星期我寫的比預定的數目多了一千一百個字。今天（星期二），我比平常的極限多寫了一百七十二個字——我使這樣的增加變成一種規律，以便彌補第二天所落後的；但當第二天，我又迎頭趕上時，並不允許自己把它計算於再來的一天裡，所該寫的數目。我認為一個人想產生更多的作品，最好長此以往，絕對比他只憑才智靈感寫作的所得更多。」（傑克．倫敦信件六十）

在一九〇〇年的春天，當《狼子》（*The Son of the Wolf*）一書與哈福頓．密佛林公司簽約期滿時，他不只專心於例行公事的寫作，更致力於風格的造就，使得他在後來的寫作生涯上，得以保持此一貫風格而不變。「讓我告訴你，我是如何寫作的，」他在一封給一個早期讀者霍福曼的信上說：「首先，在寫就其他細節之前，我絕不輕易開頭，只針對那些我要完成的，才著筆寫開頭。再者，我邊寫邊打字，每天的工作視出版者的要求而定；我當天完成的稿件，我隨即把它捲起來，放到一旁，一次也不再去回顧先前所寫的是什麼。因而，實際上，每當寫完一頁稿件時，我就不再讀，直到它出版為止。」以上這個顯見的特殊才能，部分解釋了為什麼傑克．倫敦對他自己大部分的作品甚少關切，以及為什麼他的風格少有變化的原因。

大致上說來，早在他的第一本書出現於市場之前，風格上的所有改變，已取代了第一階段時，他初當一個文學學徒的狂熱勁。

之後，為答覆批評家詢問：在《馬丁·伊登》一書裡，是誰蔑視了他書中主人翁那叫人難以置信的成就？倫敦斷言道：

「在三年內，從一個只受過普通學校教育的水手，我使他變成一個成功的作家。批評家說這是不可能的，然而，我就是馬丁·伊登。三年工作下來的結果——其中包括兩年在高中和大學度過，以及花了一年在寫作上，並且三年裡皆不斷在廣泛而深切地研讀——我在很多雜誌上發表作品，如《大西洋月刊》即是。並為我的第一本書收集文稿……另外賣給麥克勒公司社會評論性的文章，又使一個雜誌主編因喜愛，而屈就從紐約打電話過來，而且，那時我正準備要結婚。」(《約翰·巴利康》，頁二四二)

倫敦的成功在文學史上，是個非常的現象，由於他艱辛的鑽研、精通的敘述技巧；由於他生就的虛構人物的天才，在文化的品味中，以一個變數，準確無失地篩過了網孔；更由於全國突然的覺醒，發現邊疆地區以及邊界的美夢俱已消逝，這些都必然地促成傑克·倫敦的成功。

野性的呼喚

1 進入寒荒

原始流浪的熱望在跳動，
對著習慣的鎖鏈焦灼地掙扎，
從冬眠之中，
喚醒了奔放的野性。

巴克不曾看報，否則他就知道災難正在醞釀——不只是他，沿著太平洋海岸，從普吉灣（Puget Sound）到聖地牙哥港（San Diego），每一條筋骨結實、毛厚耐寒的狗都將面臨災難。主要的原因是在北極黑暗區探險的人發現了黃金，由於船運公司和通運公司的人的大肆吹擂，使得成千成萬的人不斷地向北方湧去。這些人都需要狗，需要筋骨結實、可以做苦工、毛厚耐寒的大狗。

巴克住在陽光可以直射得到的山大克拉平野的一所大房子裡，那是米勒法官的家。房子在馬路後面，有一半被樹蔭遮住了，但從樹縫間還可以看見四周有寬廣而陰涼的走廊。幾條鋪著石子的車道，蜿蜒地穿過廣闊的草地，由枝條交錯的白楊樹下，一直通到房子前面。屋後比屋前還具規模：有大馬房；有和小孩們在聊天的十幾個馬夫；有幾排牽滿葡萄藤、傭人住的小屋；有許多放雜物的平房，整齊地排著；有長長的葡萄架，有長滿青草的牧場、果樹園以及漿果地；還有裝上抽水機的噴水井，以及米勒法官的孩子們早上來洗浴、熱天下午來浸涼的大水泥池。

而巴克就統治了這個大莊園。他在這兒生，也在這兒長到四歲。這兒當然還有別的狗，不過他們都不能算數，他們來去無常，或者住在擁擠不堪的狗窩，或者迷糊地躲在屋裡，跟日本種的巴兒狗凸茲和墨西哥種的無毛狗伊莎貝爾一樣——這些奇怪的動物是很不輕易把鼻子伸出門外或者把腳踏在地上的。另外還有一種狐狸狗，少說也有二十條，每當凸茲和伊莎貝爾在一群女僕用掃把和抹布的武裝保護下，從窗口探出頭來張望他們的時候，他們就發出令人害怕的吠聲。

然而，巴克既不是室內的寵狗，也不是狗窩的野狗，全部領土都屬於他。有時他和法官的小孩一起跳進浴池或者出去打獵；有時他伴護著法官的女兒茱莉和愛麗絲在黃昏或者清晨散步；而冬夜，在書房裡熊熊的爐火前，他就靠在法官的腳邊躺下；有時他背負著法官的孫子，或者和他們在草地上打滾，並且護衛著他們到馬房那邊院子的噴水井邊去探險，甚至更遠，到有青蛙的地方或者到漿果地。而且他在狐狸狗群中昂首闊步，根本不把凸茲和伊莎貝爾放在眼裡，因為他是王——米勒法官家裡一切爬的，走的、飛的東西，連人也包括在內的王。

巴克的父親艾莫是一條高大的聖伯納種狗，曾經和法官形影不離，而巴克也很有希望繼承父親衣缽。他的體重只有一百四十磅，沒有父親那麼魁偉，因為他母親謝波是蘇格蘭牧犬。雖然如此，一百四十磅加上優裕生活以及由普遍的尊敬所生的威嚴，使得他儼然以王者自命。四年以來，他過的是富貴生活，難免有點志得意滿、自負不凡，好像鄉下土紳士所見不廣而妄自尊大。可以安慰的是他沒有成為好吃懶做的室內狗，打獵和其他戶外的遊樂減少了他的脂肪，堅強了他的筋肉。他和其他冷水浴動物一樣，把戲水當作健身操。

這是一八九七年秋天巴克的生活狀況，這時科羅戴克（Klondike）發現金礦，把世界各地的人吸引到冰天雪地的北方。巴克不懂得看報，也不了解蠻牛這個園丁助手是不可靠的朋友。蠻牛有一個改不掉的毛病，喜歡賭博，更糟的是賭博的時候相信押久必勝的法則，這使得他永遠不能翻身。因為這樣的賭法需要大量的金錢，一個園丁助手的工錢有限得很，養一個老婆幾個孩子已經吃不消了。

在蠻牛施展詭計的那個晚上，法官到葡萄乾製造協會開會，而孩子們正忙著組織一個運動俱樂部。沒有人看見他和巴克穿過果樹園出去，巴克自己則以為不過是去散步而已。除了一個鬼鬼祟祟的男子，誰也沒有看見他們走到一個叫做大學公園的小小車站。那男子和蠻牛談話，他們之間傳出錢幣互碰的響聲。

「你要把東西捆好才能交給我啊！」那個陌生男子板著臉孔說，蠻牛就用一條粗繩子在巴克頭上的項圈下面束了兩道。

「你只要扣緊這個，就可以控制他的喉嚨。」蠻牛說，那陌生男子迅速地哼了一聲。

巴克很自在地接受那根繩子；當然，這是一個新的經驗，但他了解對於熟識的人是可以信任的，對於他望塵莫及的人類智慧是應該仰賴的。然而，當繩子交到那陌生男子的手裡，他就帶著威嚇的口吻吼叫起來．他不過在表示自己的不快，在他自尊的信念裡，這就是命令。令他吃驚的是繩子緊緊地勒住他的脖子，使他幾乎不能呼吸。他非常憤怒地向那人撲去，對方稍稍一讓便緊緊的扼住他的喉嚨，機警地一扭就把他四腳朝天地拋在地上。接著繩子毫不留情地收緊起來，巴克瘋狂地掙扎著，舌頭吐在外頭，巨大的胸脯不斷地起伏。他有生以來，從未遭受過如此無禮的對待，也從來沒有如此地發過怒。然而，他的力氣衰竭了，眼睛昏黑了，當火車依著旗號停了下來，兩個人把他丟進行李車的時候，他什麼也不知道了。

等他重新恢復知覺，他只茫然感到舌頭受了傷，正在一種什麼運輸工具之中顛簸著。經過鐵路平交道的時候，火車頭粗啞的汽笛聲告訴他他的置身所在。他時常和法官一起旅行，坐在行李車內的感覺他再熟悉不過了。然而他睜開了眼睛，就現出像被綁票的國王那種壓抑不住的憤怒。那個人跳上來要扼住他的喉嚨，巴克比他更快，緊緊地咬住那人的手，死也不肯放鬆，直到他再度失去知覺。

「啊！瘋狗！」那個人把被咬傷的手藏起來，

一面向聽到吵嚷聲跑了過來的守車工人說：「我替老闆把他帶去舊金山，聽說那裡有高明的狗醫，可以治好他的病。」

在舊金山海邊一家酒店的小廂房裡，那個男子一再地為那晚的旅行辯白。

「我不過是拿五十塊錢，」他這樣抱怨：「以後就是給我一千塊現金，我也不幹了。」

包著他受傷的手的手帕血跡斑斑，而他右邊的褲子從膝蓋以下也都被撕破了。

「另外那個傢伙拿了多少？」酒店的老闆問。

「整整一百塊！」他回答。「頭上有天，一分錢都不少。」

「那一共是一百五十塊了，」酒店老闆算了一下：「他值這個錢，要不然算我烏龜。」

這個騙子解開血跡斑斑的包紮，看著他被咬傷的手說：「萬一得了狂犬病……」

「那也是你命中注定的啊！」酒店老闆放聲大笑。「嗨！在你動身以前，幫我做點事吧！」他加了一句。

神志昏迷，而喉嚨和舌頭疼痛不堪，頸子被勒得半死，雖然如此，巴克還想對他的虐待者反抗。

但他一次又一次地被掀倒，一次又一次地被勒悶，直到他頸上的銅箍被挫開，繩子被解去，而被丟進一個鳥籠似的木格子裡。

他躺在那裡等著度過煩人的夜晚，撫摸他受傷了的自尊，隱忍他的憤怒。他完全不了解是怎麼一回事。這些奇怪的人，到底要把他怎樣呢？他們為什麼把他關在這個小籠子裡？他不懂為什麼，只覺得被大禍臨頭的模糊恐懼所壓迫著．那夜裡有好幾次，每當他聽到房門被打開的聲音，他就跳了起來，以為是法官到了，至少是孩子們來。但每次看到的都是那個胖臉的酒店老闆，拿著一枝半明不暗的蠟燭來偷看他的動靜。因而原來醞釀在巴克喉嚨裡的快樂吠聲，最後還是被扭轉成狂怒的咆哮！

酒店老闆並沒有惹他。第二天早上，四個男人進來要抬木籠。巴克斷定他們也是迫害者，因為他們衣裳破爛，頭髮蓬鬆，看樣子都不是好東西。他在籠裡對著他們狂吠。他們只是大笑，用棍子戳他，巴克撲過去咬那棍子，不久就發現他們故意這樣逗他玩。因此，他憤憤地躺下，讓他們把木籠抬進一輛篷車裡。他和囚著他的那個籠子，就因此從許多人的手裡經過：先是由搬運公司的事務員看管，接著轉到另一輛大篷車，然後再和一些其他的箱子、包裹，由一輛大貨車載到渡江的輪船上，再運到一個大車站，最後被放在一輛特別快車裡。

有兩天兩夜，這輛特別快車被呼叫著的火車頭拖著跑。這兩天兩夜，巴克既沒有吃的，也沒有喝的。在他的盛怒底下，他用吼叫的聲音對待好心好意來看他的隨車人員，使得他們也用調笑的手段來報復。當他抖著身體、吐著口沫，向木籠的格子一頭撞去的時候，他們不斷地對他嘲笑。他們和討厭的狗一樣狂吠、咆哮，又學著貓叫，並且揮動胳膊，學雞啼的聲音。巴克知道那很無聊，但他的尊嚴卻因此受到更大的傷害，他簡直怒不可遏。他不太在乎肚子餓，缺水卻使他難受得幾乎發狂。因此，敏感好勝的他，加上喉嚨和舌頭的乾渴、腫脹，他就被虐待得益發暴躁不堪了。

唯一值得慶幸的是：頸上的繩子已經除去。繩子曾經使那些人占上風，現在除去了，他要給他們一點顏色看看。他下了決心，絕不讓他們再把繩子套在自己頸上。他有兩天兩夜沒吃任何東西了，這兩天兩夜的受苦，使他積聚了滿肚子的憤怒，哪個人先被他碰上，哪個人倒楣。他的眼睛充血，像是凶殘的惡魔。他改變這麼厲害，恐怕連法官自己都認不出他了。因此，當那些隨車人員在西雅圖（Seattle）把他卸下火車的時候，他們鬆了一大口氣。

四個男人小心翼翼地把木籠由篷車上抬到一個圍著高牆的小小後院裡。一個強壯的男子，穿著一件破舊的紅色運動衫，走了出來，在車夫的簿子上簽了字。巴克預料這個男子將是這一次的虐待者，因此他便凶暴地向著木格子上撞去。那人險惡地笑了一笑，拿出一把小斧頭和一根棍子來。

「你該不是現在就要放他出來吧？」車夫問。

「就是現在！」那人回答了，同時拿斧頭從木籠上劈了下去。剛剛抬籠子進來的四個男人一下子散開了，爬到牆頭上安然地站住，準備欣賞這場表演。

巴克衝著那些碎裂的木格子，死命地咬著，搖著撞著。斧頭劈在外面什麼地方，他在裡面就衝到那個地方去狂吼和咆哮。他十分急躁地要搶著出去，而同時，那個穿紅色運動衫的男人卻沉著地決意要放他出來。

「好了，你這紅眼的妖怪，來吧！」那個人在劈開了一個巴克可以通過的洞以後，這樣喊著。同時丟下了斧頭，右手換上那根棍子。

當巴克毛髮倒豎，口吐白沫，充血的眼睛閃著狂亂的光芒，站起身子要做一個跳躍的姿勢時，他實在是像紅眼的妖怪。他運起在兩天兩夜的苦難裡悶夠了的一百四十磅的憤怒，筆直地向著那人撲去。他跳在空中，兩顎正要咬到那人身上的時候，突然受到猛烈一擊，覺得全身發震，於是身體軟了，兩排牙齒也縮在一起了。他翻了一個觔斗，滾跌在地上。他生平從沒有被棍子打過，所以不明白是怎麼一回事。一聲狂吼——那裡面有一部分是吠聲，大部分卻是尖叫聲——他又翻身跳了起來。隨即又挨了一捧，使他頹然地倒在地上。這次他明白了原來是那棍子作怪，但他瘋狂的野性卻已經什麼都不顧及了。他一連進攻了十多次，但每次都被那棍子打退，倒在地上。

受了特別猛烈的一擊之後，他爬起身來，覺得天旋地轉再也不能進攻了。他遍體無力，渾身發抖，嘴巴、鼻子、耳朵都流出了血，噴滿了他那美麗的毛衣，染成了片片的血斑。那人走過來，不慌不忙地又在他鼻梁上狠命地打了一下。比起這一次劇烈的痛苦來，從前所受的一切都不算什麼。他大吼一聲，狂暴得像一頭獅子似地，又向那人躍去。但是，那人把棍子換到左手，右手冷不防地捉住他的下顎，向下向後地扭曳。巴克在空中畫了一個又半個圓圈，終於整個身體栽倒在地。

最後一次，他又衝了上去。那人把有意留了許久的致命一擊賞給了他，巴克縮成一團，仆倒在地，完全失去了知覺。

「不錯呀，真是馴狗的老手。」站在牆頭上的，有一個熱烈地叫了起來。

「他隨時都可以馴馬。而且，要是禮拜天，訓練兩次都成。」馬夫這樣回答，一面爬上篷車，趕著馬走了。

巴克恢復了知覺，但是沒有恢復筋力。躺在他倒下的地方，瞪著那個穿紅運動衫的男人。

「『叫他巴克就會答應的。』」那男人從酒館老闆連籠帶貨委託寄賣的信裡，引用了這一句，自言自語。「好了，巴克，我的孩子，」他用溫和的聲音繼續說：「我們已經吵過一架了，現在最好是鬧過就算了。你已經明白了你的地位，我也曉得我的。要是你做個好狗，那麼，一切都會美滿順利。

要是做個壞狗，那麼，我就捶碎你的骨頭，你懂嗎？」

那人一面說一面毫不懼怕地用手拍著那個曾經為他毒打的腦袋！而巴克被他的手一觸，雖然毛髮不自覺地倒豎起來，但畢竟也毫不抵抗地忍受了。當那人拿水給他的時候，他貪婪地喝了，接著，還從那人手掌上嗾下了一塊一塊的生肉。

他明白他是被打敗了，但他並沒有被馴服。這一次的經歷告訴他：對於一個拿著棍子的人，他是沒有勝利希望的。他學得了這個教訓，在他以後的生涯中永遠沒有忘記掉。那根棍子是神的啟示。這是他受原始的法律支配的第一遭，而他對那根棍子只好退讓了。然而現實的生活顯示更凶狠的面目；當他毫不畏懼地面對現實的時候，他用那被喚醒了的一切潛在的狡猾本能去對付。日子一天一天過去，又來了一些別的狗，有用籠子關來的，有用繩子牽來的。有些服服貼貼，有些和他初來的時候一樣咆哮怒吼。他望著他們一個一個地，全被放進了那個穿紅運動衫的男子的支配之下。一次又一次地，每當他望著那殘暴的場面的時候，巴克心上就深深地印上這個教訓：拿著棍子的人是立法者，雖然不一定要討好奉承，卻是應該服從的主人。他曾看過有些被打敗了的狗舐著那人的手，搖尾乞憐；他也看過既不諂媚也不服從的狗，終於在爭霸戰中被打死。但關於奉承這一點，巴克可以問心無愧。

常常有陌生人來和穿紅運動衫的男子談話，興奮地，諂媚地，做著種種樣子。這時，每當錢幣在他們之間傳遞，那些陌生人就帶去一條或者幾條狗。巴克奇怪他們到什麼地方去了，因為他們從沒有回來過；但他感覺到未來的強烈的恐懼，每次當他沒有被選去的時候，他就覺得很歡喜。

然而，令他恐懼的終於來到他的頭上。那是一個瘦瘦小小的男人，說一口蹩腳的英語，而且發出許多令巴克莫名其妙的怪詞。

「我的上帝！」當他眼睛落到巴克身上的時候，他叫了起來：「這是一條聒聒叫的狗啊！呃？多少錢？」

「三百塊，還是半賣半送的！」穿紅運動衫的男人立刻回答。「花的是公家的錢，沒有人會說你閒話的，不是嗎，皮羅特？」

皮羅特張著嘴笑了。他想，需要量增加，狗價都漲了。其實像這樣一匹好牲口，這個價錢不算不公道。加拿大政府買狗不想太花錢，也不願公文書信跑得慢。不過皮羅特懂得狗，他一看到巴克，他曉得那是千中選一——「該是萬中選一的狗。」他心裡估計了。

巴克看見他們二人之間有了金錢的交往，因此當他和克利——一條性質溫良的紐芬蘭種狗，一道被那個瘦小的男人帶走的時候，並不覺得詫異。這是他一生中最後一次看見那個穿紅運動衫的人了。而且，當他和克利在納華號甲板上望著西雅圖向後面退去的時候，也是他一生中最後一次看見溫暖的南方了。他和克利被皮羅特帶到甲板下面的船艙，交給了一個叫做佛南沙的黑臉大漢。皮羅特是法裔加拿大人，皮膚黑黑的；而佛南沙是法裔加拿大人再和印第安人結合的混血兒，有皮羅特兩倍黑。對巴克來說，他們是新的族類。命運決定了他以後還要見到更多這一族類的人。他雖然對他們生不出親愛之情，卻依然真心地對他們生出尊敬。他很快地知道皮羅特和佛南沙是正派的人，做事沉著沒有偏心，對於狗的事情，了解非常透徹，絕對不會上狗的當。

在納華號底艙裡，巴克、克利和其他兩條狗處在一起。其中之一，是來自史畢茲孛艮島的雪白大狗，最初被一個捕鯨船船長帶出來，後來跟著一個地質調查團去過加拿大西北荒地。

他表面和氣，內心奸險。對著人當面微笑，背地裡想著壞主意，舉例來說，第一次吃飯，他偷去巴克的食物就是這個樣子。當巴克想跳起來懲罰他的時候，佛南沙的鞭子在空中響起，已先打在犯罪者的身上；可惜一點什麼也不剩了，巴克只取回了些骨頭而已。佛南沙是公正的，他這樣斷定。從此，這混血兒更得到巴克的尊敬。

另外一條狗不向人家要求什麼，也不曾接受過人家的什麼；他也沒有想偷新來者的東西的意思。他是一個陰鬱、有怪癖的傢伙。他曾向克利明白地表示，他最盼望的是不要去惹他，而且，如果有誰惹他，那可就有得瞧的。他叫做達甫，每天就是吃、睡，時時打打呵欠而已。對什麼事都沒有興趣，即使當納華號穿過佳洛地皇后海峽，像著了魔一樣，天旋地轉，顛簸飛騰的時候，他也是蠻不在乎的。當巴克和克利因為過分恐布而嚇得激動和半呆了的時候，他卻只像不痛快的樣子抬起頭來，向他們淡然一瞥，打了一個呵欠，便又睡著了。

日以繼夜地，船在那推進機不倦的脈搏跳動下前進。雖然後一天和前一天差不多沒有分別，不過巴克還是很明顯地感到氣候是逐漸變冷了。終於，一天早上，推進機靜止了，納華號充滿了興奮的空氣。他和其他狗一樣感到，而且知道即刻會有一個新的變動。佛南沙替他們繫好了皮帶，把他們帶到甲板上。第一步踏到冰冷的甲板上的時候，巴克的腳陷進了柔軟得好像是泥巴一樣的白東西裡面去了。他哼一聲跳了起來。還是有許多這種白東西從天上落下。他搖了搖身子，把那搖掉了，但接著又有更多的落到他身上。他好奇地嗅了一嗅，接著又用舌頭去舐。那東西和火一樣刺激，但立刻又化為烏有。這把他弄得迷迷糊糊的。他又試了一試，結果還是一樣。在旁邊看的人哄然大笑了，他便覺得不好意思起來，他不明白為什麼，因為這是他第一次看見雪啊！

2 棍子和牙齒

巴克在岱牙海岸上的第一天，好像做了一場噩夢。時時刻刻都在驚駭與震動之中。他是突然地從文化中心被拋到了原始生活中心裡來。這不再是懶洋洋的、曬日光浴的，除了遊蕩和聽主人們瑣碎不堪的談話以外就無所事事的生活。這裡既沒有和平，也沒有休息，更沒有一刻的安寧。一切都是混亂和戰爭。生命和肢體，時時刻刻都在危險之中。時時刻刻都有當心提防的必要；因為這些狗不是都市的狗，人也不是都市的人。他們全是野蠻傢伙，除了棍子和牙齒，不知道還有什麼法律。

他從來沒有看見狗像狼一般戰鬥過，第一次的經驗給了他一個不能忘記的教訓。當然，那只是一個旁觀得來的經驗，否則他不會活著來享受經驗帶給他的好處了。犧牲者是克利。那時候，他們都在堆木頭的房子旁邊的帳幕裡，克利用她那和藹的態度，向一條哈司基狗調戲。那狗，雖然身體不及她的一半，但身段卻和成年的狼一樣。沒有警告只是電光一閃似地跳了上去，就用他金屬般的利齒咬她一口，又同樣快地跳開了，於是克利的臉由眼睛到牙床整個被撕破了。

攻擊一下就跳到一邊去，這是狼的戰鬥方法，但不只是如此而已。三四十條哈司基狗跑攏來，把兩個鬥士包圍在一個圓形的中心，注視著一聲不響。巴克並沒有領會那沉默注視的意思，也沒有領會他們滴著口涎躍躍欲試的道理。克利向她的敵人衝了上去，對手回了一擊，又跳開了。當她第二次衝上去的時候，他將胸部抵著她，用一種獨特的手法把她掀倒了。她再也不能起來。因為這是旁觀的哈司基狗群所期待的。他們聚攏在她身上，吼著，吠著；而她被埋在密集的狗群底下痛苦慘叫。

這件事情發生得這樣突然，這樣意外，把巴克嚇呆了，他看見司皮茲笑著似地吊出深紅的舌頭；他看見佛南沙揮著斧頭跳進狗群的筵席裡面。三個拿著棍子的男人幫助佛南沙趕散那些狗。那並沒有花多少時間。在克利倒下兩分鐘之後，她最後的一個攻擊者被打跑了。但她躺在那滿是鮮血，被踐踏過的雪裡，癱軟地，了無生氣，幾乎可以說是被撕成了碎片。那皮膚黝黑的混血兒站在她屍體旁邊凶狠地咒罵。這一幕景象，以後常在巴克的夢裡出現，時時刻刻驚擾著他。事情就是這樣，沒有什麼公平不公平的。一次倒下來，你就完了。是的，他要留心絕對別使自己倒下來。司皮茲又吊出了他的舌頭笑，從那時起，巴克就深惡痛絕地不能消除對他的仇恨。

在他還沒有從克利的慘死所受到的打擊恢復過來的時候，又受到了一個新的打擊。佛南沙在他身上縛了一件有金屬釦子和皮帶的裝置。這是一套馬具，和他在故鄉看見馬夫們放在馬身上的一樣。並且像他看見過馬被趕去工作一樣，他也被趕去工作了。他拖著佛南沙坐著的雪橇，到那沿著山谷的森林裡去，滿載著柴薪回來。這樣被人當做一種搬運的牲口使用，他的威嚴是被徹底地損傷了，但他聰明地告訴自己：反抗不得。他認命地忍受，拚命地工作，雖然這件事對他完全是生疏不慣的。佛南沙很嚴厲，需要立即的服從，而且，因為他有鞭子，他也能得到立即的服從；加上熟練的押陣狗達甫，每當巴克有什麼差錯的時候就咬他屁股。而司皮茲是領班，也一樣有經驗，當他咬不到巴克的時候，他就發出尖銳的責罵聲，或者狡猾地用他全身的重量撞得繂繩搖擺起來，把巴克扯上他要走的道路。巴克很容易就學會了，在兩個同僚和佛南沙共同訓練之下，得到了顯著的進步。在他們回到帳幕之前，他已經充分地了解：「呵」是停止，「馬急」是前進，要轉彎的時候要繞大彎子走，當載重的橇在他們身後飛快地滑下斜坡的時候，得留心不要撞著了押陣狗。

「三條都是聒聒叫的狗，」佛南沙對皮羅特說：「巴克真了不起。我教他教得再快也沒有了。」

到了下午，忙著在雪道上傳達公文的皮羅特，又帶著兩條狗回來了。他叫他們「比利」和「左依」，是兩兄弟，都是真正的哈司基種。雖然他們有同一個母親，但彼此就如白晝和黑夜，全然不同。比利的缺點就是他過於良善的性格，而左依和他恰恰相反，脾氣暴躁、任性，永遠不停地咆哮，帶著凶惡的眼色。巴克用友誼的態度接待他們，達甫不把他們放在眼裡，而司皮茲預備打倒第一個，再去打倒第二個。比利乞憐地搖動尾巴，而當他看到乞憐的辦法不能見效的時候，就掉頭跑了。但當司皮茲尖銳的牙齒咬到了他的腰腹的時候，他就哭了起來（依然是乞憐的樣子)。可是無論司皮茲怎樣在繞圈子，左依總是磨子似地轉著，面向著他。鬃毛倒豎，兩耳向後緊貼，嘴唇打顫，發出吼聲，兩排牙齒以最大的速度開合咬出聲音，而眼裡閃著凶惡的光芒——這是一種備戰的恐布的具體化。因他樣子如此可怕，司皮茲不得不放棄欺負他的企圖；但為了掩飾自己的狼狽，就轉向馴良的哀哭著的比利，一直把他趕到帳幕邊緣為止。

到了傍晚，皮羅特又弄到了另外一條狗，一條老哈司基，又長又瘦又憔悴，臉上有戰鬥的傷疤，眼睛只有一隻，但閃射出一種光芒，警告別人：他有令人敬畏的勇猛。他名叫索列克司，意思是：「好發怒的傢伙」。和達甫一樣，他不要求什麼，不給別人什麼，也不期待什麼。當他悠悠然走到他們中間來的時候，甚至連司皮茲都不敢干涉。他有一個怪脾氣，巴克不幸地首先碰著了。他不喜歡人家走近他沒有眼睛的那一邊。巴克無心地犯了這個錯。索列克司馬上跳上來在他肩頭上咬了一口，骨頭都現出來了，足足有三吋深，這時候他才頓悟到自己的疏忽。那以後，巴克總是迴避著他沒有眼睛的那一邊，所以一直到最後，他們沒有再起什麼誤會。和達甫一樣，他唯一明顯的志願，是人家不要去惹他；然而，巴克後來明白了，他們每個都抱有另外一個，甚至可以說是更大的野心。

那天晚上，巴克碰到了睡覺這個大難題。點著了一枝蠟燭的帳幕，溫暖地照映在雪白的平原之中；他視為當然地鑽了進去，皮羅特和佛南沙兩人一面大罵，一面拿起弄飯的器具擲他，弄得他驚惶失措，呆了一呆，就含羞地逃到了寒冷的外面。寒風吹刺著他的身體，而受了傷的肩頭，尤其是痛得難受。他臥在雪地上，想睡，但嚴寒馬上凍得他全身發抖。他痛苦而得不到安慰，在那些帳幕之間蕩來蕩去，但無論什麼地方，所有的只是同樣的寒冷而已。時常有野狗跳到他跟前來，但他倒豎起鬃毛吼著（他很快地學會這一套），於是他們就不敢侵犯地讓他通過了。

最後，他想起來了。他應該回去看看他的同伴是怎麼睡的。使他吃驚的是，他們都不見了。他又在那些大帳幕間穿來穿去，尋找他們，尋了一回又回到了原處。他們在帳幕裡嗎？不，那是不可能的，否則他就不會被趕出來了。那麼，他們到底可能跑到什麼地方去呢？夾著尾巴，身體發抖，他無目的地繞著帳幕打圈子，實在是淒涼極了。忽然，踏在他前腳下的雪崩開了，身子陷了下去。有東西在他腳下蠕動。他向後一跳，這既看不見也不知道的東西使他害怕得毛髮倒豎，吠聲狺狺。然而，一聲親密的低吠令他安了心，他又走回去察看。一股熱氣衝上了他的鼻孔，比利躺在雪下，蜷曲成一個緊而暖的圓球。比利假裝不快地哭著，扭動著身子來表示他的好感和善意，而且作為要好的禮物，他甚至冒險地用潮濕溫暖的舌頭來舐巴克的臉頰。

又是一個教訓。原來他們是這樣睡的呀?!巴克確有把握地選了一塊地方，折騰了好一會，浪費了許多力氣才替自己掘好了一個洞。轉瞬間，體溫把這個四面緊湊的洞暖透了，他一覺睡去。勞苦了一整天，所以他睡得特別香甜，雖然他仍然做著噩夢，哼著，吠著。

隔天早晨，直到他被營地上各種聲響驚醒的時候，他才打開眼睛。剛開始他還不知道他是在哪裡。夜裡下了雪，他完全被埋住了。四面八方圍成的雪牆緊壓著他，使他心裡產生很大的恐懼——一種野獸對於陷阱的恐懼。這是他從自己的生活回歸到他祖先們的生活的徵候；因為他是一條文明化了的狗，過度文明化的狗，在他的經驗裡不知道有陷阱這回事，因此也不會對陷阱感到恐布。他全身筋肉痙攣，本能地緊張起來，頸上和肩上的毛髮直豎，他可怕地狂吠一聲，蹬了一下就跳到眩目的白晝底下。雪像閃光的雲，從他身上四面飛散。在他還沒有站定之前，展開在眼前的是白色帳幕，他才明白自己的所在，並且記起：從和蠻牛出去散步那時候起，到昨晚自己替自己掘洞為止，這其間所遭遇的一切。

佛南沙高喊了起來，歡呼他的出現。「我不是說過嗎？」那趕狗車的人向皮羅特喊。「巴克這傢伙學什麼都快呀！」

皮羅特認真地點點頭。身為加拿大政府的郵差，帶著重要的公文信件，他一直急於得到最好的狗，所以有了巴克使他特別高興。

一小時之內，隊裡又加入了三條哈司基，總共九條狗了。之後不到一刻鐘，他們都被套上韁繩，在雪道上奔馳，向岱牙溪谷前進。巴克是高興出發的，雖然工作很吃力，但他並不覺得特別討厭。使他吃驚的是，全隊充滿了活力，他也受到了感染。更令他驚奇的是達甫和索列克司的變化。他們一套上韁繩，便立刻變成另一條狗。原來消極頹廢和漠不關心的態度都消失了。敏捷、活潑、熱心地想把工作做好，如果有任何耽誤或混亂之類的事來妨礙這工作，他們就凶猛地發怒。拖橇這一件苦役似乎是他們存在的最高表現，也好像是他們生活的整個目的和獲取快樂的唯一來源。

達甫是押陣狗，在他前面是巴克，再前面是索列克司；隊裡其餘的狗單行地排成一串，一直連到領隊後面。占著領隊位置的是司皮茲。

巴克被故意安置在達甫和索列克司之間，是要他好受訓練。他是一個合格的弟子，他們也都是能幹的老師，絕不讓他在錯誤裡遷延太久，他們用利齒執行他們的教訓。達甫公平聰慧，他從來沒有無故咬過巴克，但在必要的時候，卻也從來沒有放鬆過。因為佛南沙的鞭子在後監視，巴克明白了與其報復，還不如改正自己來得划算。有一次，在一個短暫的休息中，他把韁繩絞亂了，耽擱了出發的時間，這時達甫和索列克司兩個一起撲過來狠狠地懲罰他一頓。雖然那一來把韁繩弄得更亂，但巴克從那以後總是小心地不使韁繩弄亂。那一天還沒結束，他已經把自己的工作做得非常順手，差不多完全不被老師責罵了。佛南沙的鞭子漸漸響得少，而皮羅特甚至給了巴克這樣的光榮——捧起他的腳來仔細檢查。

那是一天辛苦的旅程：上岱牙溪谷，過綿羊寨，越魚鱗山和森林線，橫涉幾百呎深的雪堆和冰河，並且越過直立在淡水和鹹水間，把守著荒涼北地的其苦特大分水嶺。然後他們沿著一連串由死火山噴火口積成的湖泊岸上向下前進，當天深夜趕到了本涅特湖湖口的一個大營地，那裡有好幾千個淘金者在造小船，準備春天解凍的時候應用。巴克在雪地裡掘了一個洞，身體疲倦不堪，一倒下去便酣然沉睡。然而，第二天大清早，天還沒有亮，還很寒冷的時候，他又被趕了起來，和同伴們一起被套上雪橇出發了。

那一天，因雪路結實，他們走了四十哩。可是，第二天，以及接連好幾天，他們必須自己開路。工作格外辛苦，行程也就不能好好地進展。通常皮羅特總是走在狗隊前面，用有網的雪鞋把雪踏平，使他們比較容易前進。佛南沙的職務是把住舵棒引導雪橇前進。但有時候他們兩人互換工作，不過這種時候不多。皮羅特總是趕急趕忙的，以他對於冰雪的知識自傲。這知識當然不可缺乏，因為秋季的冰很薄，急流的地方根本還沒有結冰。

這種生活，好像永遠沒有終止，巴克每天就做著同樣的苦工。他們總是在天沒亮的時候就把帳幕疊起。當晨光微明，他們已經趕了幾哩路了。晚上，則總是天黑以後才宿營，吃一小塊魚，鑽到雪裡去睡下。巴克是好吃的·每天分給他一磅半的乾鮭魚，絲毫不能填飽他的肚子。他從來沒有吃飽過一次，因而不斷地要忍受飢餓的痛苦。別的狗，因為體量較輕，而且過慣了這種生活，雖然僅僅吃到一磅的魚，卻足夠維持健康的生活。

巴克很快地失去他昔日生活的特性。他發現，如果用斯斯文文的態度吃東西，先吃完的同事們就要來搶他沒有吃完的。這沒有方法防範。當他趕跑兩三條狗，食物也同時進了別條狗的喉嚨裡了。為了避免這種損失，他吃得和他們一樣快。而且，飢餓迫使他也不鄙夷搶奪並不是屬於他的東西。他看見別的狗這樣做，學得的。他看見排克，一條新來的狗，善於偷竊和裝病，當皮羅特偶一轉身，他就巧妙地偷到一片醃豬肉。第二天巴克學樣地表演這一手，弄到了一整塊。引起了一陣哄鬧，但他沒有受到懷疑，另外一個時常被人家捉住的笨傢伙達布，為巴克替罪受罰。

這第一次的偷竊顯示巴克是適於在艱險的北地環境中生存的。而且還顯示了他的適應性——也就是使自己適應多變的環境的才能。缺乏這種才能，將造成迅速而悲慘的死亡。而且，這也顯示了他的道德心正在日漸衰頹、消滅；在無情的生存競爭中，道德心不但無益而且有害。在南方愛與友誼的法律之下，尊重私有產權和個人情感原是再好不過的事，但在這棒棍和牙齒法律之下的北方，誰考慮到這些，誰就是蠢才，誰遵守這些道理，誰就要吃大虧。

這並不是巴克推理得到的結論。他只是在適應，就這麼簡單，他無意識地使自己適應了新的生活方式。從來，無論對於占著怎樣優勢的敵手，他絕對沒有過逃戰的事。然而，紅運動衫男子的棍子，曾經把最基本最原始的法規打進他的腦袋裡。當他過著文明生活的時候，因為一個道德上的理由，譬如說守護米勒法官的馬鞭子，他是可以死的。但完成野蠻化的他，現在可以用他因為拋棄道德立場而免除了危害的才能來證明。他偷竊並不是為了好玩，而是因為他肚子太餓。因為尊重棍子和牙齒的威嚴，他總是祕密地狡猾地偷，沒有公開地搶過。總之，他所以這樣做，是因為這樣做比不這樣做容易生存而已。

他的發展，或者說是退化，是迅速的。他的筋肉變得和鐵一樣堅韌，對於一切尋常的痛苦蠻不在乎。他同時成就了內部和外部的合度。他什麼都能吃，無論是怎樣沒有味的或不易消化的東西。而且，一旦吃下去，他的胃液就能把最後的一滴養分都吸收進去，他的血液就能把那運送到全身各處，而造就最強韌的筋肉組織。他的視覺和嗅覺變得非常敏銳，而聽覺尤其發達，睡著了還能聽到最微細的聲音，而且分得出那是在報告危險還是在報告平安。他學會了用矛齒把結在腳趾中間的冰咬掉；當他口乾了，而水面上結了一層厚冰的時候，他會站起後腳來用堅硬的前腳把冰打破。他最奇怪的本領是，頭天晚上嗅一嗅空氣可以預知第二天的風雨。無論空氣是怎樣平靜，如果他在樹腳下或土堤邊掘穴，接著颳起風來的時候，他總會在避風的地方，被安然地掩護著。

他不僅僅是從經驗中學習，死去很久的種種本能現在又都復活了。一代一代地被馴服下來的性質慢慢地從他身上消失。他冥冥中回憶起了他的種族的原始時代。回溯起野狗結群地穿過原始的山林，捕殺他們所獵獲的鳥獸的那種時代。對他來說，學習用牙齒撕裂以及用狼一般突然咬的方法去戰鬥並不是什麼難事。很遠很遠的祖先就曾經這樣地戰鬥過了。那些祖先們使潛伏在他身體裡面的舊生活復活，他們刻印在種族遺傳上的往日的伎倆就是他的伎倆。用不著去努力或去發掘，這些伎倆在他身上表現出來，就好像他一向有這些習慣一樣。在寂靜的寒夜裡，當他向著星兒伸舉著鼻子，作狼一樣的長嗥的時候，那就是他那些成了塵土的祖先們，通過無數的世紀，通過他，在向星兒伸著鼻子，長嗥著了。他的音律就是他們的音律，那音律，叫出了他們的苦惱，而在他們，苦惱就是寂靜、寒冷，和黑暗的意思。

　　這樣，好像在提醒生命不過是像一齣木偶戲似地，那遠古時候的歌聲湧滿了他的全身，於是他又回歸到了他本來的地方；因為人們曾在北方找著了一種黃色金屬，因為蠻牛這個園丁助手的工錢不夠養活他的老婆和一些小兒女，所以巴克就被送回他祖先的世界裡來。

3 原始野獸的支配欲

那原始的野獸的支配欲在巴克心中，原是強烈的，而在這種勞苦的拖橇生活下，更是一天一天地發育了。但那只是一種隱祕的滋長，他的新生的狡猾，使他有了平衡和節制。他忙著適應新生活而感到沒有餘力，所以他不但不去挑撥戰鬥，而且連有戰鬥可能的時候，也盡可能地避免。某種程度的慎重，成為他的態度的特色。他不再有草率和輕舉妄動的毛病；雖然他和司皮茲有深仇大恨，但他不洩露一點煩躁，控制住一切可能的進攻行為。

在另一方面，大概因為司皮茲預料到巴克是一個危險的敵手，所以他絕不會錯過一個顯露他牙齒的機會。他甚至無緣無故地欺負巴克，經常想發動你死我活的戰鬥。

倘若不是為了一樁意外災禍的發生，那麼這場酷烈的戰鬥也許在旅程的開始就爆發了。這一天傍晚，他們在勒巴惹湖邊，擇定了一個荒涼而寂寞的宿地。一團漆黑和一陣趕著雪花、割著肉像白熱的小刀似的大風，逼得他們要在黑暗中摸索露宿的地方。他們很少有過比這更壞的遭遇。在他們背後矗立著懸崖峭壁，皮羅特和佛南沙只得在結冰的湖面上生火，鋪開他們的臥具。為了跑路輕便，他們已經把帳幕在岱牙拋棄了。他們收集了幾根漂流的樹枝燃起了一堆火，不久就被冰水熄滅，因此他們只得在黑暗中吃晚餐。

巴克挨著巖石邊做好了他的窠。它是這樣舒適而溫暖，使得他在佛南沙分派那些在火上早烤好的魚的時候，幾乎不願意離開。當巴克吃完他的口糧回去的時候，他發覺他的窠已經被侵占了。一聲警告的怒嘷告訴他：那侵占者就是司皮茲。一直到現在，巴克都避免和他的仇敵發生糾紛，但這次對方太過分了。他心中的野性使他叫起來。他狂怒地撲向司皮茲，這把他們兩個都驚住了；尤其是司皮茲，因為他對於巴克的全部經驗告訴他，他的敵手是一條不平常的膽怯狗，那傢伙不過因為他巨大的重量和身段，才讓他一直保持他的地位罷了。

佛南沙也被嚇住了，當他們從弄壞了的窠糾纏著跳出來的時候，他已經猜測到糾紛的原因。

「哎⋯⋯哎！」他向巴克叫了。「給了他算了吧，看上帝面上給他吧，那下作的賊！」

司皮兹是同樣情願的。他用十分的憤怒熱切地叫著，一面前前後後地繞著，等有利機會撲上去。巴克的熱切並不比他少，並且同樣謹慎，他也同樣前前後後地繞著，等必勝的機會。就在這個時候，意外發生了，使得他們的爭霸戰推到遙遠的未來，經過長途的搬運和苦役之後。

皮羅特的一聲咒罵，和棍子碰在一副骨架上的響聲，隨著一聲疼痛的尖銳的狗叫，傳報了另一戰場的出現。露宿的地方突然出現了許多動物，是些潛伏著的毛茸茸的東西——八九十條飢餓的哈司基狗，他們從印第安人的村莊嗅出了這個營地的氣味。在巴克和司皮兹戰鬥著的時候，他們就爬了進來，而當那兩個男人拿著粗棍子跳進那兩條狗中間的時候，他們就張開他們的嘴搶著東西吃。他們被那些食品的香味弄瘋狂了。皮羅特發覺有一條狗正把他的頭埋在食物箱裡面。他的棍子重重地打在那瘦削的骨頭上，食物箱跟著翻倒在地。就在那一轉眼的工夫，二三十條餓狗便都在爭搶著麵包和鹹肉。兩根棍子朝他們身上亂打一通。他們在雨點似的棍打之下狂吠和叫號，但仍毫不減退地瘋狂地爭奪著，直到貪饞地把最後一片都吃光為止。

同時那些受了驚的拖橇狗也從他們窠裡跳了出來，但也只有受著那些凶猛的侵入者襲擊的份。巴克從來沒見過這樣的狗。他們的骨頭簡直就要突破他們的皮膚似的。他們都只是有著燃燒的眼睛和流涎的牙齒，用拖髒了的皮鬆鬆地包著的一些骨頭罷了。但那飢餓的瘋狂使他們成為可布的，無可抗拒的。要和他們敵對是沒有可能的。第一回進攻，那些拖橇狗便被掃蕩了，退到絕崖之下。巴克被三條哈司基狗圍攻著，不到一會兒工夫，他的頭和肩都被咬破了。那種喧嚷是可怕的。比利像平常一樣地哭著。達甫和索列克司身上的幾十處傷口滴著血，正在勇敢地並肩作戰。左依像一個魔鬼似地在啃著。有一次他的牙齒釘在一條哈司基狗的前腿，把對方的骨頭嚼碎了。排克，那個裝病者，撲向那條受了傷的野獸，牙齒迅速地一閃，跟著一抬，便把他的脖子咬斷了。巴克咬著一個起著泡沫的敵人的喉嚨，當他的牙齒咬穿了那條頸靜脈的時候，血就把他全身塗滿了。他嘴裡的血的溫暖味道把他鼓舞得更加凶猛。他又把身軀撲到另一條狗身上，而同時他感到有牙齒要插進他自己的喉嚨來了。那是司皮茲叛逆地從旁攻擊他。

皮羅特和佛南沙把他們那個宿地弄妥之後，就趕緊來救援他們的拖橇狗。那些飢餓野獸的凶殘巨浪，在他們面前退了，巴克也脫了身。但那只有一刻兒工夫。那兩個人不得不跑回去救護那個食物箱；因此那些哈司基狗又回來攻擊拖橇狗。比利，害怕到拚起命來，衝過那個野獸的圓陣，從冰塊上面飛遁去了。排克和達布跟在他後面，再後便是其餘的那些拖橇狗。巴克振起了全副精神準備跟著他們衝出去的時候，他從眼梢看到司皮茲向他衝過來，企圖打倒他。如果他在這群哈司基狗之下失了腳，那他就毫無希望了。但他硬挺起身子抵擋住司皮茲的攻擊，然後跑到湖上跟那些逃出來的狗結在一起了。

過了一會兒，那九條拖橇狗聚在樹林裡找尋藏身之所。雖然沒有追兵，但他們都很狼狽。沒有一個不是受傷四五處的，而有些還傷得很嚴重。達布一隻後腳受了重傷；多理，在岱牙加進隊裡的最後一條哈司基狗，喉嚨被撕壞了一大塊；左依瞎掉一隻眼睛；而比利那好脾氣的，有一隻耳朵被咬裂了，整夜地哭叫著。天快亮的時候，他們謹慎地蹣跚地走回宿地，看見那群掠奪者已經去了，那兩個人臉色很不好看。他們的食糧損失了一大半。橇繩和帆布帳都被嚼碎了。事實上，不管怎樣吃不得的東西，都逃不過那些哈司基狗的嘴。他們吃了皮羅特一雙鹿皮靴子，縴繩外面的皮塊，甚至吃了佛南沙的鞭子末尾那兩尺長的皮索。他停止了對那根鞭子愁慘的檢視，望著那些受傷歸來的狗。

「啊，我的朋友，」他溫和地說了，「咬得那麼厲害，也許要把你們變成瘋狗了。也許通通變成瘋狗了，我的上帝！喂，皮羅特，你說怎麼辦？」

那傳信人不安地搖動他的腦袋。離道生城還有四百哩的旅程，他是不能讓他的狗發生瘋病的。經過兩個鐘頭的咒罵和努力，他們終於整頓好了那些縴具，於是那些因受傷而困惱的拖橇狗又開始上路，痛苦掙扎地走著他們從未遇見過的旅途最辛苦的一程，而同時也是，在他們到道生途中最辛苦的一程。

那條三十哩河寬廣地開展著。它的急流擋住了寒凍，只有在漩渦和迴流裡才有冰塊。渡過那可怕的三十哩河，足足花費了他們六天筋疲力竭的苦工。他們都非常恐懼，因為每前進一呎，人和狗都在冒著生命危險。帶路的皮羅特從冰橋上掉下去十幾次，每次都靠著他帶在身邊的長竿救了命，長竿就橫擱在他的身體所造成的冰塊缺口上。但是他身上的寒氣增加，寒暑表顯示零下五十度，為了性命要緊，他每次落水之後，便不得不生起火來烤乾他的衣服。

沒有什麼能夠挫折他。也正因為沒有什麼能夠挫折他，他才被選做政府的急傳使者。他冒著一切的危險，堅決地把他瘦小的面龐衝進寒風裡，從黎明到黑夜不斷地前進。他沿著那不穩的冰岸走，那些冰塊在腳下傾斜著，發著爆裂的聲響，使他們不敢在那上面停步。有一回，達甫和巴克連著雪橇一起陷落了，等他們被拉起來，已經凍得半僵，險些溺死。照例地必須升起火來救他們。由於他們身體被厚冰包住了，那兩個男人叫他們繞著火不停地跑，他們一面淌著汗一面融著冰，因為離火太近，連他們的毛也被燒焦了。

另外一次司皮茲掉了下去，把後面整隊的狗都拖了下去，一直到巴克，他盡全力向後拉，前爪踹在滑溜的冰緣上，四周的冰塊不斷地顫動著和爆裂著。在他後面的達甫也同樣地向後拉緊。而在雪橇後面的是佛南沙，拉到他的筋骨刺刺作響。

又一次，那些沿著河邊的冰前前後後都碎裂了，除了爬上崖頂，根本無路可走。當佛南沙正祈望著有一種奇策的時候，皮羅特奇蹟似地找到了方法：把所有的皮帶和縴繩和全部拖具連結起來成一根長索，那狗就一個一個地被拉上崖頂了。把雪橇和載物也拉了上去之後，佛南沙才上去。隨後就輪到要找地方下了，結果，下去的時候也完全借助那根索子。可是他們回到河上的時候，天已經黑了，這一整天的工夫才不過走了四分之一哩的路程。

當他們走到胡太林卡時，冰上很好走，不過巴克已經筋疲力竭。其餘的狗也是同樣情形，但皮羅特為了補償失去的時間，逼得他們很晚才休息，而很早便起程。第一天他們趕了三十五哩到大鮭河；第二天再趕三十五哩到小鮭河；第三天四十哩，他們看看快要到五指灘了。

巴克的雙腳沒有那些哈司基狗的腳那樣堅韌。自從他最後的野性的祖先被一個穴居人或河上居民馴服了之後，幾代之間，他的腳已經軟化了。整天他在劇痛中跛著腳走，每次一紮好了營，他躺下了就像一條死狗。雖然他很餓，也不願意起來拿他的一份魚，因此佛南沙只好把魚放到他面前。而且，那趕狗人還在每晚晚餐之後，替巴克搓半個鐘頭的腳，又割下他自己的雪靴的靴頭，替巴克做了四隻雪靴子。這是一個大解救，所以有一個早上，當佛南沙忘記給巴克穿靴的時候，他就仰臥在地上，四腳朝天搖動著表示沒有靴子不肯走。這樣，甚至令皮羅特瘦削的臉，也抽搐起來露齒微笑了。沒多久，他的腳踏在雪道上變成堅韌了，那些破爛的雪靴就被拋棄掉。

在别里河的那天早上，正當他們把拖具套上的時候，那一向不曾因為什麼東西而露過臉的多理，突然發起瘋來。她用一聲長的、摧肝裂膽的狼樣的嗥叫宣布了她的癲狂，使所有的狗都嚇得豎起毛來，而她一直向巴克撲來。巴克從來沒有見過狗發瘋，因此他也不曉得害怕瘋狂；不過他曉得這是一種恐布，便驚駭地逃開了。他一直往前飛跑，而多理，喘著氣淌著吐沫跟在後面，相距只有一跳之遙；他害怕得那樣厲害，所以她追不到他；她瘋狂得那樣厲害，所以他也沒法子跑得脫身。他穿過那島上隆起的地帶向較低的一頭奔下去，橫過一條堆滿碎冰的河道後面，跳上另外一個島，再跳過去第三個島，才繞回來到原來那條主河，並且拚命地要橫過它。在所有這些時候裡，他雖然不能回望，卻能夠聽見多理的咆哮聲仍在後面。佛南沙在四分之一哩的距離呼喚著他，他便從原路折回來，仍然在一跳之遙的距離被追逐的巴克，因為不能呼吸而痛苦地氣喘著，他把他的全部信念放在佛南沙會救他的那個想法裡。那個趕狗人運用全力舉起斧頭，等巴克一穿過他前面，斧頭便劈了下去，把發瘋的多理的腦袋砍碎了。

疲憊軟弱的巴克搖搖欲墜地靠著橇，嗚咽似地喘息著。這是司皮茲的機會了。他衝到巴克身上，他的牙齒兩次咬進他那毫無抵抗的仇敵的肉裡，啃著撕著直到露出了骨頭。跟著佛南沙的鞭子打了去，巴克便滿足地望著司皮茲挨受了，同隊中任何一條狗都沒有挨過那麼重的鞭打。

「司皮茲，一個魔鬼，」皮羅特評斷了。「有一天他會咬死巴克的。」

「巴克是兩個魔鬼哩，」是佛南沙回答。「我常常留意巴克，我看得很清楚。看呀！總有一天他發起狠來，他就會嚼碎司皮茲，再把他吐出來拋到雪地上的。一定的。我曉得。」

從那時候起他們兩家便開了戰。司皮茲，因為是一個領隊狗而且是狗隊裡公認的領袖，所以就感到他的霸權被這陌生的南方狗威脅了。並且在他看來，巴克也實在奇怪，因為他所知的許多南方狗，沒有一個曾顯示出對於野宿雪地生活是有用的。他們都太軟弱了，在苦工、寒凍、飢餓之下死去，巴克卻是個例外。只有他一個能抵受而且能壯健，在力氣、蠻強、狡猾幾方面，能和哈司基狗匹敵。這時候他是一個有領袖資格的狗了，而更使他成為危險分子的是，那個穿紅運動衫的男子的棍棒，已經從他的領袖欲望裡，把所有盲目的蠻勇和輕率都打了下來的那個事實。他是異常狡猾的，並且能夠抱著一種不亞於天賦的忍耐，等待著他的好時機。

對於領袖權的衝突，是不可避免就要爆發了，巴克希望做領袖。他所以需要是因為那是他的天性，因為他已經被那種雪道和縴繩等說不出名字的、不可思議的誇傲緊緊地抓住——那種誇傲掌握住那些狗，使他們做苦工到最後一個喘息。那種誇傲，使做押陣狗的達甫高興，使索列克司盡他全力服務；那種誇傲使得他們在野營收拾起來的時候聚攏來，把他們從乖戾而慍怒的野獸變成緊張的、熱烈的、野心的生物；那誇傲成天鼓舞他們，直到晚上落營的時候把他們放下，使他們再回到陰鬱不安和不滿的狀態之中。這種誇傲又常常刺激著司皮茲，使他懲罰那些在縴繩裡蹣跚和逃避的，或者在早上上套索的時候躲到別處去的拖橇狗。同樣，也是這種誇傲使他害怕巴克，因為後者是一個可能的領隊狗。而這個也正是巴克的誇傲了。

他公開地威脅對手的領袖權了。他橫身於司皮茲和司皮茲所應該懲罰的規避者中間了。並且他從容謹慎地這樣做。有一個晚上下了一場大雪，第二天早上，那裝病的傢伙排克，就失了蹤影。其實他是安全地躲在雪地一呎以下的窠裡。佛南沙叫著找他，徒勞無功。司皮茲氣得發狂。他憤怒地在營地到處跑，每一個可疑的地方都嗅著挖著，他可怕地咆哮著，使排克在他藏身的地方聽見便抖顫起來。

但當他到底鑽了出來的時候，司皮茲便飛到他身上要懲罰他，巴克卻也用同等的憤怒躍到他們中間去。這是料想不到的，而且布置得這樣伶俐，使得司皮茲被撞退而且跌翻了。本來沮喪地顫慄著的排克，因這公然的背叛而壯起膽來，便飛撲到他被打倒了的領袖身上。巴克已經忘記了機會均等的規律，因此他同樣飛撲到司皮茲身上去。但佛南沙，在對這件意外的事情露著微笑的時候，也能夠毫不偏倚地執行裁判，用全力把他的皮鞭打在巴克身上。這樣並不能夠從他那傾跌了的敵人那兒把巴克趕開，於是那根鞭子的粗柄也加入表演了。巴克被打得半暈，逼得往後退，那鞭子便一下又一下地落在他身上，而司皮茲便暢然地懲罰了那屢次犯法的排克。

在以後的幾日間，道生越來越近了，而巴克仍然繼續干涉著司皮茲和那些犯罪者之間的事；但他要佛南沙不在旁邊的時候，才巧妙地做了。跟巴克那種隱祕的叛亂一起，一種普遍的不服從騰躍起來而且逐漸增加了。達甫和索列克司是沒關係的，但其餘的那些狗都變成一天比一天壞。事情再沒有辦法弄得好。每天不斷地有著吵鬧和爭論。常常發生麻煩，而作怪的總是巴克。他把佛南沙弄得忙不過來，因為那個趕狗人為了他所知道的遲早一定要發生的，在那兩條狗之間非生即死的戰鬥，而常常憂慮著；因此不止一個晚上，別的狗爭吵的聲音，都會把他從臥具中拖出來，他怕是巴克和司皮茲又衝突起來了。

但是那個時機並不出現，直到他們在一個淒清的下午抵達道生城，那場大戰仍未降臨。道生城有許多人和數不清的狗，巴克看見他們全在工作。狗應該工作，好像是命中注定似地。他們排成很長的一隊，整天在大街裡跑上跑下，甚至他們叮噹的鈴聲在晚上仍然響著。他們拉著木料和柴薪到礦場去，還做著各種在山大克拉原野裡該馬來做的事。巴克在各處都碰著南方狗，不過他們大多數都是野狼般的哈司基種了。很規則地，每天晚上九點鐘、十二點鐘、三點鐘，他們便揚起了一種夜之歌，一種對命運的不可思議的歌唱，巴克是很高興加進去一起唱的。

當北極光在天空裡冷冷地照耀，而流星在寒天裡舞蹈，同時大地在白雪的籠罩下麻痺而且冰凍了的時候，這些哈司基狗的歌聲應該是對生命的挑戰，不過那些歌曲被唱成低音，伴和著拉長的嘆息啜泣，便更像是哀訴生存的苦惱的音節了。那是一支古老的歌曲，古老得跟狼種本身一樣——是在世界還比較年輕，而歌曲是悲慘的那個時候，初期的歌曲之一。那裡面包含了無數年代的哀愁，巴克是這樣不可擬想地被這種哀訴撼動了。當他也呻吟、啜泣的時侯，那裡面包含的生活的痛苦，也即是他野生的祖先從前所嘗過的痛苦；並且也包含對於寒冷和黑暗的恐布和神祕，對於他的祖先們，那也是恐布和神祕的。歌聲說明了一個還原的完成，巴克藉著歌聲通過許多有火的溫暖和房屋庇蔭的年月，而退回到在長吠的時代裡那種草莽生活的創始，所以他為歌聲所撼動了。

到道生的七天以後，他們又沿著巴勒司河的峻峭的崖岸走下玉康雪道，一直向岱牙和鹽海前進。皮羅特好像帶著比來時還要緊急的公文；同時，趕路的誇傲已經抓住了他，他立意要造成這一年中最快的輸送紀錄了。有幾樣東西幫助了他這種企圖。一個禮拜的休息使那些狗恢復氣力，並且把他們完全整頓好了。他們來時開好的道路，已經被後來的行人踏得很牢固了。此外，警察局已經設立了兩三處供給人和狗的糧食貯藏所，因此他們趕起路來輕便多了。

第一天，他們跑了五十哩路，趕到六十哩灣；而第二天他們奔馳在玉康雪道之上，一直跑向別里河去了。但這種跑路成績，並不是佛南沙沒有經過麻煩和困惱便可以輕易達到的。由巴克所帶領的陰險叛亂已經破壞了整個狗隊的團結一致。再不能像從前一樣只有一隻狗在縴繩間奔躍著了。巴克給了叛徒們勇氣，使他們做著各種各樣的小搗亂。司皮茲不再是一個令人害怕的領袖了。從前的敬畏消失掉，他們便成為平等的，可以向他的威權挑戰了。排克有一個晚上搶了他半條魚，在巴克的保護之下把魚吞下肚子裡。另外一個晚上，達布和左依又搶了司皮茲一場，並且使他無法懲罰。而甚至比利，那好脾氣的，也不再好脾氣了，也不再像從前那樣哭號得怪有味兒的了。巴克每次走近司皮茲身邊，沒有一次不是威脅地咆哮著和毛髮倒豎著。事實上，他的行為已經達到了一個暴漢的地步，他老愛在司皮茲的鼻前，耀武揚威地走來走去。

紀律的紊亂也同樣地影響到其餘的狗彼此間的各種關係。他們之間吵嘴和打鬥一天比一天多，時時把營幕弄成一個鬼哭神號的地獄。雖然達甫和索列克司是天生容易被不停的爭吵所激怒的，但他們兩個卻沒什麼變動。佛南沙喊出一些奇怪野蠻的咒罵，並且盛怒地在雪裡頓腳，揪自己的頭髮。他的鞭子常常在狗隊中間鳴叫著，但並沒有多大用處。常常他一掉轉臉，他們便又吵起來了。他的鞭子支持司皮茲，而巴克卻支持著隊裡其餘的狗。佛南沙知道他是一切糾紛的幕後人，而巴克也曉得他知道；但巴克太狡黠了，永不會再給他當場抓到什麼證據。他在韁具上面工作忠實，因為那種苦工在他已經成為一種快樂；而狡猾地促成他同伴間的戰爭，把繂繩絞亂了，是他更大的快樂。

在塔基拿河口，有一天晚上吃了晚飯以後，達布掘出了一隻白腳兔子，遲疑之間讓牠逃了。頃刻之間全隊的狗都猛叫著在後面追趕。一百碼之外，在西北警察局裡的五十四哈司基種狗也一起跳出來加入追逐。那兔子跑下河裡，轉進一個小河灣，在寒凍的河床拚命逃了。牠在雪上輕捷地跑著，而那些狗卻用全力破雪前進。巴克一路領先，六十多條的狗繞了一個彎又一個彎，仍然追不到牠。巴克低俯著身子，熱烈地吶喊著，他壯麗的軀體在蒼白的月光下，衝閃向前，不斷跳躍。而那白腳兔子也在前面閃跳著，就像什麼灰色冰雪裡的幽靈。

一切對血的渴望，殺的歡快，和那個在固定的時期裡，把男人們從喧囂的城市趕到森林和原野，用化學作用推進的鉛彈去殺死一些生物的古老的本能的鼓動——這一切巴克都有，不過現在是更加感到親切了。跑在一大群狗的前頭，在追捕著那野生的東西，要用他自己的牙齒，去咬殺牠的鮮肉，把自己的嘴浸浴在溫暖的血裡，一直到眼睛那麼深。

有一種恍惚的境地劃出了生命的絕頂界線，是生命不能超越的。而這也就是生活的矛盾的現象；當一個人最活躍的時候，這種恍惚的境地就出現了，它的出現，卻又使一個人完全遺忘了他的生存。這種恍惚，這種生存的遺忘，在一個藝術家身上出現的時候，他就完全被包裹在一片烈焰裡沒有了自己；在一個戰士身上出現的時候，他就在戰場上發了殺砍狂，絕不饒恕敵人；現在它竟在巴克身上出現了。於是他領著狗群，發出古老的狼叫，追逐著那塊食品：活生生的，在他前面撥開月色迅速地飛逃著的。他在探測著他本性的深處，並且探測著那比他更深邃的本性的各部分，回轉到那「時間」的肇始裡。他完全被生命的波濤，存在的潮浪，每一處單獨的肌肉、關節，和筋頭的完全的快樂所支配了。在那種快樂裡面，有著一切與死亡毫無關係的東西，是灼熱而活躍地在運動裡面表現自己的；因此使得巴克在星光底下狂喜地飛奔著。經過那靜寂不動的皚白的死東西上。

但是司皮兹，即使在他最興奮的時候，還能保持冷靜和算計。他離開狗群，橫過一條窄長的小河，在那兒繞了一個大彎的突出的陸地。巴克一點兒也不曉得這回事，但在他轉了那個彎，那冰雪般的幽靈的一隻兔子還在他前面奔跑著的時候，他突然看見另外一個較大的冰雪般的幽靈，從那凸懸的河岸跳到那隻兔子當前的路上。那是司皮兹。那隻兔子轉身不及，當那從半空中來的白牙齒咬碎了牠背脊的時候，兔子就像是受了襲擊的人那麼高聲地尖叫了。這個聲音是生命被死亡緊緊抓住，從生命頂點跌下的絕叫，跟著巴克來的整群狗都揚起了一種喜悅的如魔鬼般的應聲。

巴克並沒有喊叫。他也不控制自己，就逕向司皮兹猛撲過去，肩碰著肩，好容易才有這個機會，而他竟撲不中那個喉嚨。他們在粉末般的雪裡不斷地打著轉。司皮兹險些兒被打倒下來，他站定了腳根，咬了巴克的肩膀一下便跳開了。他的牙齒像一個陷阱的鋼齒似地咬緊著，一面退開去找一個較好的立腳點，兩片薄薄的張開的嘴唇扭曲地咆哮了。

一轉眼間巴克就曉得了。那個時機已經來臨。那是至死方休的。他們左右迴旋著怒吼著，耳朵向後緊貼，敏銳地窺伺著有利的機會，這情景在巴克看來有一種熟諳的感覺。他似乎把一切都記憶起來了——那雪白的樹林，大地，月亮，和那戰鬥的刺激。在銀白和沉默之上覆蓋了一層莊嚴的靜穆。連空氣最微弱的聲息都沒有——沒有東西動一動，沒有一片樹葉抖顫，那看得見的狗的呼吸緩緩地上升著，並且在嚴寒的空氣中飄搖著。這些半馴的狼般的狗很快地就把那白腳兔子吃完了，很快地他們排成了一個時時期待的圓圈。他們也是沉默的，只有他們的眼睛在閃光，氣息慢慢地向上流散。在巴克，那不算什麼新奇的東西，只是從前的一幕短景罷了。那簡直像常常發生的，看慣了的事情。

司皮茲是一個熟練的戰鬥者。從史畢茲孛艮島穿過北冰洋，又橫過加拿大和白侖荒地，他都能夠從各種各樣的狗裡面保持自己的地位，並且成就了對於他們的支配。現在他無疑是激烈地憤怒了，但絕不是盲目的憤怒。在撕毀和破壞的狂熱之中，他絕不忘記他的敵人也在同樣的撕毀和破壞的狂熱之中。在他沒有準備好去接受一個衝擊之前，他永不衝擊人家；在他沒有先防禦好對方的進攻之前，他也絕不進攻。

巴克努力要把他的牙齒咬進那條大白狗的脖子裡面，但沒有效果。他的牙齒不論在什麼地方要碰到那些軟肉，總是被司皮茲的牙齒抵住了。牙齒和牙齒衝撞，嘴唇碰裂了而且流著血，但巴克依然不能夠突破他敵人的防線。於是他奮發起來，用一種旋風似的衝擊包圍了司皮茲。一次又一次地他想要觸到那雪白的喉嚨，那個生命將湧上了表面的地方，可是每次都讓司皮茲咬了他一下便閃開了。隨後巴克採取了正面的攻勢，看他好像要撲取咽喉的時候，他突然縮緊他的頭，從旁邊彎進去；他該可以用自己的肩膀撞到司皮茲的肩膀，像一輛戰車似地把他掀翻的，但每次總是倒轉來，巴克的肩膀被咬了一下，而司皮茲卻輕巧地跳開了。

司皮茲始終沒有受損，而巴克已經血流如注，而且氣喘得很厲害了。戰事正趨激烈。在所有這些時間裡，那沉默的狼似的圓圈在等待著來解決不論哪一條倒下來的狗。司皮茲在巴克停下來透氣的時候，也採取了正面的攻勢，並且使他沒法子立穩腳步。有一次巴克栽倒了，整個圈子的六十條狗都突然跳起來；但他縱身一躍，幾乎飛上了半空中，那圓圈便又沉下了，重新等待著。巴克具有一種為了偉大而生存的資性——想像力。他用本能去應戰，但他同時也能夠用頭腦去應戰。他衝上去，十分像用著那陳舊的肩膀的策略，但在最後一瞬間，他把身子低俯到幾乎貼著雪地這樣攻進去了。他的牙齒咬著了司皮茲的左前腿。有了一個嚼碎骨頭的聲音以後，那白狗只有用三條腿來和他對抗了。他企圖第三次就把司皮茲打倒，於是又重複使用這個詭計，把那條右前腿也嚼碎了。司皮茲雖然處在痛苦和行動不便之中，仍然瘋狂掙扎著不使自己倒下去。他看見那個沉默的圓圈，有著閃光的眼睛，垂吊的舌頭，和向上流散著的銀色的氣息，緊緊地向他圍上來；跟從前他看見過的，緊緊地向那些被他打敗的敵人圍上去的圓圈一模一樣。不過這次他將是被打敗的那一個了。

他是再沒有希望的了。巴克是刻薄殘忍的。憐憫只是一件在溫暖的南方才用得著的東西。巴克已經準備好了最後的攻擊。那個圈子圍得那麼緊，使他感到那些哈司基狗的呼吸，已經吹到他腰腹的地方。在司皮茲前面和兩邊，巴克看見他們，半屈著身體做出跳躍的姿勢，他們的眼睛注視在司皮茲身上。好像有一片刻的寂靜。每一條狗都寂然不動，簡直像石頭一樣。只有司皮茲一面抖顫著豎起毛髮，一面前前後後地顛躓著，用可怕的威脅吼叫著，似乎要把就要降臨的死亡嚇跑。於是巴克飛撲了上去又跳了開來；但當他撲上去的時候，肩膀終於正正地碰到了肩膀，把司皮茲打下來了。在浴著月光的雪地上，那個圓圈聚成了一個黑點，而司皮茲便從視線裡消失了。巴克，那有支配欲的原始野狗，站在一旁凝望著；他已經殺死了他的敵人而且感到滿足，他是一個成功的勝利者了。

4 獲得支配

「呃？我不是說過嗎？巴克是兩個魔鬼的混合，一點兒不錯呀。」

第二天早上，當佛南沙發現司皮茲不見了，而巴克遍體傷痕的時候，他這樣說了。他把巴克拉到火旁，借著火光檢視那些傷口。

「那個司皮茲打起來真凶啊！」皮羅特一面察看那些張開口的裂縫兒，一面說。

「可是巴克打起來更有兩倍的凶哩，」佛南沙回答：「現在我們可以省不少麻煩了。沒有了司皮茲，一定也就沒有了糾紛。」

皮羅特收拾起野宿的裝備，堆在雪橇上面，之後，趕狗人就給那些狗套著轠具。巴克飛步跳上去做領袖的司皮茲所應該站的位置；但佛南沙並不理他，卻把索列克司帶到那被人切望的位置去了。他的判斷是索列克司是剩下來最好的領隊狗。巴克不滿地跳到索列克司身上，趕開他，要站在他的位置。

「呃？呃？」佛南沙叫了，快活地拍著他的兩股。「看看巴克呀。他殺死了司皮茲，是想取代那個位置啊！」

「咄！走開！」他又叫了，但巴克動也不動。

他抓住巴克脖子後面那塊肉，不管他恐嚇地叫著，把他拖到一旁，換上了索列克司。那條老狗並不喜歡這個位置，並且明顯地表示他怕巴克。佛南沙是固執的人，但當他一轉臉的時候，巴克又代替了那個並非完全不願意走開的索列克司。

佛南沙生氣了。「來吧，老天爺，我來收拾你！」他叫著走回來，手裡拿著一根粗棍子。

巴克想起了那個穿紅運動衫的男子，便緩緩地退開了；當索列克司再次被帶上前面的時候，他也不企圖擠進去了。但他在棍子所及範圍之外的地方旋繞著，痛苦而憤怒地咆哮著；並且在他旋繞著的時候，他注視著那根棍子，預備佛南沙拋擲過來的時候好閃避它，因為他對於棍子的用法已經了解很透徹了。

那趕狗人繼續套著轠具，當他預備把巴克放在從前那個在達甫前面的位置的時候，他叫了。巴克倒退了兩三步。佛南沙跟著他上前，因此他又向後退。這樣經過幾次之後，佛南沙抛下了那根棍子，他以為巴克在害怕挨打。但巴克是公然地反抗了。他所需要的不是逃避挨打，而是獲得領導權。那當然應該是他的。他曾經努力爭取，沒有領導權，他是不會滿足的。

皮羅特也來幫忙。他們在狗群中間趕著他，幾乎花了一個鐘頭的時間，他們抛出棍子來擲他，他閃避開。他們詛咒，詛咒他的父母祖宗，詛咒所有他以後的子子孫孫，一直到極遠的年代，詛咒他身上的每一根毛和他血管裡的每一滴血；而他卻用咆哮來回答詛咒，並且不使他們追到他。他並不企圖逃跑，只是重複地繞著那帳幕退走，明顯地表示著倘若他的希望達到了，他會好好地走回來的。

佛南沙搔著腦袋坐下來了。皮羅特望著他的錶怒罵起來。時間飛馳著，他們是應該在一個鐘頭以前就上路的。佛南沙又搔腦袋。他搖搖頭，對那個急傳使者無可奈何地露著牙齒，皮羅特聳聳他的肩膀，表示他們是失敗了。隨後佛南沙走到索列克司站過的地方叫巴克。巴克用狗的笑法笑了，不過他仍然保持他的距離。佛南沙鬆開了索列克司的縴繩，把他放回他的老位置。那狗隊上好了轡具，站著和雪橇成為一條完整的直線，準備出發。在前面，留著巴克的位置。佛南沙又叫他一次，巴克站在遠遠地笑笑，並不過來。

「丟下棍子呀！」皮羅特命令似地說。

佛南沙聽了他的話，因而巴克才快步走過來，勝利地笑著，悠悠地走到全隊領導的位置裡。他的繂繩被繫緊了，那雪橇便開始滑動，和兩個男子一道跑著，他們奔上河道去了。

雖然那趕狗人曾把巴克評價得很高，說他是兩個魔鬼的混合，但當那天還沒過完的時候，他發覺他還是評價得太低了。巴克一躍而負起領導的責任；那需要判斷力，而他敏捷的思考和敏捷的動作，竟能證明他自己甚至比佛南沙認為絕無此類的司皮玆更為優越。

在制定規律和使他同伴服從規律的這一點上，巴克是了不起的。達甫和索列克司並不關心領導權的更換。那不是他們的事。他們的事業是勞苦工作，在繂繩下拚命地勞苦工作。只要工作不被阻撓，他們是不管發生什麼事情的。那好脾氣的比利也能夠領隊，只要他能夠維持秩序，他們也無所謂。可是隊裡其餘的一些狗，在司皮玆面臨末日的時候曾經變成沒有王法；現在巴克又著手來整頓他們，卻使他們感到很大的驚訝。

緊接在巴克後面拉著的排克，是除非受到強迫之外，從來不肯將他的體重多放一盎斯的力在胸帶上的，也因偷懶而被迅速地反覆地斥罵了：並且在第一天還沒過完之前，他拖了一輩子中從來沒有過的那麼重的負荷。在第一個宿營的晚上，性情乖戾的左依公開地受到懲罰——那是一種司皮茲從來沒有做成功的懲罰。巴克只用他優越的體重來壓伏他，痛到他停止嚙咬而且開始哀哭求饒的時候，巴克才罷手。

整個狗隊的步調立刻整頓起來了。回復了從前的一致性，於是那些狗便又像一隻狗似地在縴繩裡躍進著。在溜冰坡那兒加進了兩條土著的哈司基狗，提克和古那；而巴克用來馴服他們的那種速度竟使佛南沙驚訝得透不過氣來。

「再沒有像巴克這樣的狗了！」他叫著。「沒有，絕不會有的！老天爺，他真值得一千塊錢啊！呃？你看怎樣呢，皮羅特？」

皮羅特也點頭了。他正想要打破紀錄，而且一天天地要達到目的了。雪道在極佳的狀態之中，被踹踏得平而且牢，並且沒有新雪要他們應付。天氣不算十分冷。在全部旅程裡，溫度只降到零下五十度便停在那兒了。男人們替換地一個乘橇一個跑路，那些狗繼續躍進著，偶爾休息一下就夠了。

三十哩河比較好，結了冰，他們只花一天工夫就跑過了來時花了十天工夫的路程。從勒巴惹湖底汊口到白馬坡的六十哩路程，他們一口氣就跑過了。橫過馬爾許、太吉許，和本涅特諸湖面的七十哩路的時候，他們飛跑得那樣快，使輪到跑路的那個人，非在橇後拉著繩子跑不可。於是第二個禮拜的最後一個晚上，他們便越過了白山道，借著司卡桂城和在他們腳下的泊船港的光線，一直滑下海灘的斜坡。

那的確是一個破紀錄的旅程。十四天中他們每一天平均走了四十哩。皮羅特和佛南沙，有三天工夫在司卡桂城的大街搖搖擺擺地走著，他被請喝酒的約會弄迷糊了；而那隊狗卻是一群養狗的和趕狗的人們持久不變的尊敬的中心。隨後有三四個西部來的企圖洗劫全城的馬賊，他們的刑罰像是胡椒瓶似地滿身被射穿了，大家的興味才轉到別的偶像上面去。而跟著，官廳的命令來了。佛南沙把巴克叫到他跟前，用他的胳膊圍抱著他，淌出了眼淚。那就是佛南沙和皮羅特跟他最後的會見。像其餘的人一樣，他們兩個也離開巴克的生活，不知跑到什麼地方去了。

一個蘇格蘭種的混血兒接管了他和他的同伴；他們和十二隊別的狗隊，開始踏過抑鬱的雪道，回道生去。現在沒有輕捷的奔跑，也沒有破紀錄的辰光，只是每天拖著沉重的負載，做著沉重的苦工；因為這是郵務車，帶著世界各地來的信息，給那些在北極暗影之下尋覓金子的人們。

巴克並不喜歡這工作，但他還是盡心忍耐著做，舉著達甫和索列克司的榜樣保持著對工作的誇傲；並且監督著他的同伴。不管他們是否對這個感到誇傲，都得平均地做他們那部分的工。那是一種單調的生活，像機械那樣規律地轉動著。這一天跟前一天非常相似。每天早上，廚子在一定的時候起來，火生好了，跟著早餐也吃過了。於是，有些人收營帳，有些人給狗套上韁具，等他們走上了雪道。個把鐘頭，黑暗才消去，黎明才到來。到了晚上便紮營。有些人張開帳幕，有些人砍柴薪或削松枝做床鋪，另外一些人便取水或用冰塊來煮晚餐。

自然也餵了狗。對狗來說，這是他們一天裡的大事；不過吃了魚餐之後，和其他大約一百多條的狗，在四處閒逛個把鐘頭，自然也是很有趣的。在他們中間也有很凶的戰士，但和那最凶的狗打了三次仗之後，巴克便取得了支配者的地位，因此當他髮毛倒豎而露出他牙齒的時候，他們就都避開了。

也許，他最喜歡的事情是坐在火旁，後腿縮在身軀底下，前腿在前面伸出來，舉起頭，眼睛做夢似地瞇視著那些火焰了。有時他想起在陽光遍灑的山大克拉原野，米勒法官的大屋子，那個水泥的游泳池，那條墨西哥的沒毛狗伊莎貝爾和日本種的巴兒狗凸茲；但他更常常想起那穿紅運動衫的男子，以及克利的死亡，那場和司皮茲的爭戰，和他曾經吃過的或很喜歡吃的各種好東西。他並不是害懷鄉病。那陽光含笑的國土已經非常朦朧而且遙遠了，因此這樣的回憶便沒有統轄他的力量。因為更有力量的，是那些使他對於他所沒有見過的東西覺得似乎很熟悉的，他的遺傳性的記憶；和那些本來只是他的記憶而後來變成了他的習慣的本能。這種本能原來在後幾代已經衰頹了，但再後一點兒，到他身上，又變成敏銳而且活躍起來了。

有時當他蹲在那兒，如夢地對著火焰瞇起眼睛來的時候，彷彿那是另外一堆火焰。因此他一面蹲在這另一堆火光旁邊，一面就從他前面那個混血兒廚子看出另外一個不同的人來。這另外的一個人，腿較短而臂較長，筋肉與其說是圓而粗，不如說是紐結多節還好。這個人頭髮很長，纏結在一起，他的腦袋從眼睛那兒起向後倒斜。他發出奇怪的聲音，對於黑暗好像異常害怕。他繼續地向黑暗裡探視著，他的手垂到膝和腳之中，抓著一根棍子，上面有一頭綁著一塊沉重的石頭。他幾乎是全身裸露的，有一層粗糙的，被火燒焦了的皮在他背上分披地下垂著。他身上有許多的毛；有幾處地方，橫過胸膛和雙肩，一直往下延到兩臂和兩股的外面，那些毛纏結得幾乎變成了一襲厚皮衣。他並不直立，卻把軀幹從臀部起向前彎折，把雙腿在膝部那兒屈曲了地站著。他身上有一種像貓似地特殊的彈性或反彈的能力，和一種敏捷的警戒力——跟一旦生活在對於看得見的和看不見的東西的恐懼裡面的人，所具有的一樣。

有些時候，這個多毛的人也蹲在火旁，把腦袋擱在兩腿中間，睡著了。在這樣的場合裡，他的手肘總放在膝蓋上，兩手抱在頭上，好像要用那兩條多毛的胳膊來遮雨。在那堆火之前，在那圓形的黑暗之中，巴克能夠見到許多閃光的煤粒，兩顆兩顆地，老是兩顆兩顆地，他便曉得那些是龐大的猛獸的眼睛了。他並且聽到他們的身體擦過樹叢而發出沙沙的聲音，和他們在夜裡做出的各種吼叫。似乎夢著那兒就是玉康河岸，他疲倦的眼睛瞇視著那堆火，這些另一個世界的聲音和景象，就會令他毛髮直豎起來，沿著他的背脊，橫過他的雙肩，一直到他脖子，都豎得直直地。等到他低聲地，受了鎮壓地啜泣了，或者輕輕地吠了的時候，那個混血兒廚子就朝他大聲叫道：「嗨，巴克，趕快醒來！」於是那另一個世界就會消滅掉，而真實的世界就在眼前出現，他便站起來，打呵欠，伸懶腰，恰像他竟真睡過一覺似地。

這一次路程是難走的，那些郵件在他們後面，使他們做著苦工，而且真把他們磨瘦了。當他們走到道生的時候他們都減少了體重，而且疲弱不堪，看來至少要有十天或者一個禮拜的休息才行。但在兩天之後，他們又從巴勒司河，載著要送到外面的信件，趕下玉康河岸了。狗都疲倦了，趕狗人也怨怒著，而更壞的是每天都下著雪。他們走著稀軟的雪道，雪橇的滑木受著更大的摩擦，而那些狗也就拖得更沉重；不過那些趕狗人對這些事情非常合理，所以常常盡可能地幫忙那些狗。

每天晚上，趕狗的人都先照應狗，才吃飯，並且在他們把自己所趕的狗從頭到腳檢視過之前，是沒有一個會去睡覺的。雖然這樣，他們的氣力還是減低了。自從冬季開始以來，他們已經跑過了一千八百哩路，而在這疲憊的全程裡還得拖著雪橇跑；即使是最頑強的狗，跑過這一千八百哩路，也抵受不住了。但巴克抵受住了，雖然他自己也萬分疲憊，他依然鞭策著他的同伴去繼續工作，保持著良好的秩序。比利照例在他每晚睡覺的時候啜泣和哭叫。左依比從前更加乖戾，而索列克司不論瞎眼的那邊或者另一邊，都不許別個走近了。

但所有這裡面，受苦最深的還是達甫。什麼東西在他身體裡攪彆扭了。被變成更不快活，更容易激怒的了；當營帳一張好的時候，就立刻做自己的窠兒，趕他的人要到那兒去餵他。每次離開了韁具以後，他便躺下再不站起來，一直到隔天早上套上韁具為止。有時在縴繩裡面，雪橇突然停止，或因為開始走動的推力而被猛然拉扯著的時候，他就會痛苦地喊叫起來。那趕狗人檢驗過他，但什麼毛病都找不到。所有的趕狗人都對他的事情感到興味。他們吃飯的時候談著這件事，臨睡之前抽最後一斗菸的時候也談著這件事，於是有天晚上他們就舉行了會診。從他的窠裡，把他帶到火邊，被緊抱著，戳刺著，一直到他幾次哭了出來。身體裡面是有什麼不對了，但他們指不出是什麼地方骨頭折斷了，也弄不明白是什麼病。

到了加西亞灘的時候，他是那麼孱弱，竟使他在縴繩裡面跌了幾跤。那蘇格蘭種的混血兒把雪橇喝停了，把他牽出狗隊，使他前面的那匹狗，索列克司，緊靠著雪橇。他的用意是想叫達甫休息一下，讓他在橇後自自然然地跑。達甫雖然是病了，但他仍因為被牽開而激怒起來；當那些縴繩被解開的時候，他用喉音不住地吼叫著；而當他看見索列克司站在他曾經保持過和供職過那麼久的位置的時候，便發出摧肝裂膽的啜泣來了。因為他是有著對於縴繩和雪道的誇傲，即使病到要死，他也不能夠容忍別條狗居然做了他的工作。

當雪橇開動之時，他在被壓平的雪道旁邊的軟雪裡一路跳躍著，用他的牙齒攻擊著索列克司，衝撞著他，企圖擠開他到另一邊的軟雪裡，努力要跳進他的縴繩裡，要站到他和雪橇中間，並且在所有這些時間裡，悲慘而且痛苦地哭著，嗥著。那混血兒想用鞭子把他趕開；但他並不關心那疼痛的抽打，同時那個人也沒有再打大力的狠心了。達甫不肯安安靜靜地在雪橇後面，那很容易走的雪道上跑，卻偏要繼續沿著邊兒，在頂難走的軟雪裡面跳，一直到筋疲力竭。於是他倒了，而且躺在他倒下的地方，當那些雪橇的長列攪起雪花走過的時候，他悲痛地號哭著。

振起了他最後殘餘的勇氣，他爬起來跟在後面顛躓著，直到那長列第二次停止，他才跳過那雪橇回到他自己隊裡，站在索列克司旁邊。趕狗的那個人停留了一會兒向後面那個人借個火來點他的菸斗。不久他就回來，趕動他的狗。他們搖擺著走上雪道，好像用不著出力，於是不放心地回頭望，他們都驚住了。趕狗人也吃了一驚，因為雪橇動都沒有動過。他喊夥計們來看看這件事。原來達甫已經咬斷了索列克司兩邊的縴繩，而正站在雪橇前面他固有的位置裡了。

他用眼睛哀求留用他，趕狗人困惑起來了，他的夥計們談著一條狗如果被驅逐於那些可以損毀他自身的工作之外，是要怎樣心痛的那些話，又舉出他們所知道的許多例子，說有不少受了傷的，太老了不能作苦工的狗，因為他們被割離在縴繩外面而死掉了。同時，他們也以為那是一種慈心，雖然達甫是無論如何要死的，還是讓他死在縴繩裡面，比較心安和樂意。因此達甫又被套上轡具，而且驕傲地像從前那樣拖著了，雖然不止一次，他因為內部損傷的刺痛而非出本願地叫了出來。有幾回他跌倒了，在縴繩裡被拖著走，而且有一次那雪橇軋過他身上，使他以後跛著一隻後腳跑路。

但他支持著，一直找到了露宿地，趕他的人替他在火堆旁邊做好了一個窠兒的時候。第二天早上他真是太軟弱而不能跑路了。在套轡具的時候他還試想爬到趕他的人那兒。他用一種痙攣的掙扎站了起來，顯躓著，便倒下了。隨後他緩緩地向前蠕動著走向那些轡具正在套上他的同伴身上的地方。他伸出他的前腳來拉動他的身體，用一種踉蹌的步伐向前移動。他的氣力離開了他，因此在他的同伴最後一次望見他的時候，他氣喘吁吁地躺在雪裡面，向他們渴慕地望著。但一直到他們走到河邊那一帶樹林後面望不見了的時候，他們還聽得到他那淒慘的悲嚎。

這時候雪橇的長列停止了。那蘇格蘭混血兒慢慢地踏著他的腳跡轉回去他們剛離開的露宿地那裡。人們都停止了談話。槍聲響了起來，那男子便匆忙地回來了，鞭子畢剝地叫著，小鈴叮噹地響著，那些雪橇又攪起雪花，沿著雪道走了；但巴克知道，什麼事情曾在河邊那一帶樹林後面發生了。

5 韁繩與雪道

那列鹽海郵橇離開道生二十天以後，巴克和他同伴一路領先，到了司卡桂城。他們都疲累不堪，幾乎陷入完全毀滅的地步。巴克由一百四十磅減到一百十五磅。他其餘的同伴，體重本來就輕，現在相對地更輕得厲害了。排克，那裝病的傢伙，在他欺詐的生涯裡，常常把跛腳裝得很像，現在也老老實實地跛著了。索列克司也跛著，達布卻因扭傷了一塊肩胛骨而受苦。

他們的腳都疼得要命。跳躍和飛縱都不行了。他們沉重地踏在雪道上，互相碰著身體，每走一天，疲倦就加重一倍。除了疲倦得要死，他們也不再有什麼困難了。那種要死的疲倦並不是因為短時間的過度勞動而來，要是那樣，復元不過是一個時間上的問題罷了；而是經過幾個月的苦工長期耗盡精力而來的。沒有剩下一點回復的元氣，也沒有剩下一點氣力可以用，即使最後的最小的一點力量都統統用完了。所有的筋肉，所有的纖維，所有的細胞，都疲乏，而且疲乏得要死。那是有原因的：五個月之內，他們走過了二千五百哩路程，而在走完最後的一千八百哩路的時候，他們才不過休息五天。當他們走到司卡桂城的時候，他們是顯然地走到最後一步了。他們僅僅能夠扯緊那些繂繩，僅僅能夠在下坡的時候，努力使他們自己不被那滑落的雪橇所撞倒。

「走呀，可憐的跛子，」在他們蹣跚地走下司卡桂城那條大街的時候，那趕狗人鼓舞著他們說：「這是最後一次了。隨後我們就多多地休息一下子。呃？真的啊，舒舒服服地多休息一下子啊！」

那些趕狗人確實期望著一個長期的休息。他們自己走了一千二百哩路也只休息兩天，所以不論照道理或照常情來講，他們是應該有一個休息玩玩的時間。但是趕來克倫戴克的男人是那樣多，而沒有趕來的情人、老婆和親戚又是那樣多，因此那堆積的信件竟有阿爾卑斯山那樣高了；也因為這個道理，所以官廳的命令又發了下來。幾組新來的哈得生海灣狗要來代替這些沒有用處的狗了。這些沒有用處的狗要被趕開去，同時，因為狗比起金元來算不得什麼，所以他們就要被發賣了。

三天過去了，這時，巴克和他同伴才曉得他們到底疲倦和衰弱到怎樣的地步。第四天早上，兩個從美國來的人才把他們連韁具和一切東西，用很便宜的價錢買了下來。這兩個人互稱「哈爾」和「卻利司」。卻利司是一個中年的、微帶黑種血液的男子，眼睛無神平靜如水，鬍子粗野而頑強地往上翹，然而鬍鬚裡面卻隱藏著軟弱下垂的嘴唇。哈爾是一個二十來歲的小夥子，腰間束一條皮帶，掛著一把柯爾脫式的連發手槍和一把小獵刀，皮帶上插滿了子彈。這條皮帶是他身上最顯著的東西。這說明了他毫無經驗——一種絕對的而且不必說出來的毫無經驗。兩個男子都顯然不是適應這種地方的人，而為什麼像他們這樣的人也會冒險跑到北地來呢，這是不可理解的令人奇怪的事。

巴克聽到了討價還價的聲音，看見錢幣在那人和政府代理人中間轉遞著，便知道那個蘇格蘭種混血兒和那些郵務車的趕狗人是接在皮羅特和佛南沙，和其餘那些更前些時就看不見了的人之後，要離開他的生活了。當他和他同伴一起被趕到新主人營幕的時候，巴克看見到處都是骯髒而雜亂：帳幕半張著，碟子沒有洗過，一切都陷於淩亂的狀態中：同時，他還看見了一個女人。「馬希德」，男人們這樣喊她。她是卻利司的老婆和哈爾的姊姊——一個有意思的家族團體。

在他們著手拆下帳幕和把東西裝上雪橇的時候，巴克擔憂地望著他們。看他們的樣子是花了很大的力量的，但沒有一點做事的方法。那帳幕被捲成一捆拙笨的東西，比應有的大三倍。碟子不洗就收起來了。馬希德不停地在兩個男人間蹦跳著，不斷地發出指責和規勸的言語。當他們把一個行李包放在雪橇前面的時候，她提議應該放後面；等到他們把它放在後面，並在那上面堆了兩捆別的東西的時候，她卻發現了忘記收拾的東西，除了放在那個行李包之外沒地方可放了，於是他們又把它拿了下來。

三個男人從隔壁一個帳幕裡走出來，在一旁看著，彼此擠眉弄眼地露出牙齒笑。

「你們已經弄好這樣一大車東西了，」他們裡面有一個說：「我本來是不應該多嘴的，不過假如我是你，我不會把那營帳帶著走的。」

「真是做夢都想不到！」馬希德舉起雙手，用溫雅的驚訝喊了。「沒有營帳，在這個世界上，怎麼受得了呢？」

「已經春天了，妳不會再碰到更冷的天氣了。」那個男子答。

她堅決地搖著她的頭，卻利司和哈爾把最後一些零星的東西都放在那如山的荷載頂上了。

「這樣跑得動嗎？」有一個問了。

「為什麼不行？」卻利司頗為傲慢地回答。

「喔！那很好，那很好，」那男子連忙謙遜地說：「我只不過是那麼猜想而已。因為那好像有點兒頭重腳輕呀！」

卻利司轉過身，盡可能地向下扯緊那些捆著東西的繩子；其實一點兒也沒有弄好。

「那些狗自然能夠拖著這少有的大行李，整天跑的。」第二個人又說了。

「那當然！」哈爾用冷漠的語氣說了，隨後一隻手握著舵棒，一隻手揮動皮鞭。

「走！」他叫著：「走呀！」

那些狗頂住胸帶跳躍起來，那條縴繩拉緊了一會兒，便鬆了下來。他們沒法子拉得動那輛雪橇。

「這些懶狗，我要給你們一點顏色看，」他叫了，預備用那皮鞭去抽打他們。

但馬希德叫著干涉了，「啊，哈爾，不要打他們，」她一面抓緊那條鞭子，要從他手上奪下來。「這些可憐的東西！你現在答應我，跑這一段路，你再不要對他們這樣凶惡，要不然我一步都不走了。」

「妳對於狗真懂得不少啊，」她弟弟嘲笑她，說：「不過我希望妳不要打擾我。他們偷懶，我告訴妳，妳要是想叫他們做點事情，非打他們不可。他們就是這樣。妳隨便問誰。妳問問那些人看。」

馬希德懇求地望著那些人，沒說出來，怕看見那些狗挨痛的神情，在她好看的臉上浮了起來。

「他們像水一樣軟弱了，你們要知道，」那些人裡有一個這樣答著：「完全累得沒力氣了，這就是他們走不動的原因。他們需要休息。」

「休息個屁！」哈爾用他那沒鬍鬚的嘴唇說。馬希德聽見他的咒罵，便痛苦而憂愁地「啊！」的一聲喊了出來。

但她是一個家族的動物，便立刻轉向擁護她的弟弟。「不要管他們說什麼吧，」她尖聲地說：「你在趕著我們的狗，你以為怎樣最好就怎樣做吧。」

哈爾的鞭子又降在那些狗的身上。他們頂住那些胸帶把自己的身體抛起來，把他們的腳插進那踏平了的雪裡，而且插得很深，這樣用著他們的全力往前拖。那雪橇簡直像錨似地動都不動。經過兩次努力之後，他們喘著氣站住了。那條鞭子野蠻地響著，於是馬希德又干涉了。她在巴克前面跪下去，她眼睛裡含著淚水，用她的胳膊圍住他的脖子。

「你可憐的，可憐的東西啊！」她憐憫地叫著：「為什麼你們不用點力拖呢？——要是那樣，你們便不會挨鞭子了。」巴克並不喜歡她，但他正感到極端不幸，便也不去抗拒她，把這件事算做那天不幸的工作的一部分罷了。

旁觀者之一，曾經咬緊牙齒來壓制自己，現在忍不住說話了：

「我一點都不想管你們怎麼亂搞，可是看在那些狗的面上，我告訴你們，你們要是搖鬆了那輛雪橇，便能夠幫他們許多忙了。那些滑木很快就凍上了呀。你在舵棒上面使勁推，右邊一下左邊一下，這樣就可以搖鬆了。」

嘗試了三次，這次，哈爾依了那個勸告，把那些凍結在雪裡的滑木搖鬆。那裝載過多，不容易拖動的雪橇前進了，巴克和他的同伴在雨點似的鞭打

235-62

新北市中和區中正路800號13樓之3

印刻文學生活雜誌出版有限公司　收

讀者服務部

姓名：＿＿＿＿＿＿＿＿＿＿ 性別：□男　□女

郵遞區號：＿＿＿＿＿＿＿＿

地址：＿＿＿＿＿＿＿＿＿＿＿＿＿＿＿＿

電話：（日）＿＿＿＿＿＿＿＿（夜）＿＿＿＿＿＿＿＿

傳真：＿＿＿＿＿＿＿＿

e-mail：＿＿＿＿＿＿＿＿＿＿＿＿＿＿＿＿

讀者服務卡

您買的書是：

生日： 年 月 日

學歷：□國中 □高中 □大專 □研究所（含以上）

職業：□學生 □軍警公教 □服務業
□工 □商 □大衆傳播
□SOHO族 □學生 □其他

購書方式：□門市_____書店 □網路書店 □親友贈送 □其他_____

購書原因：□題材吸引 □價格實在 □力挺作者 □設計新穎
□就愛印刻 □其他_____（可複選）

購買日期：_____年_____月_____日

你從哪裡得知本書：□書店 □報紙 □雜誌 □網路 □親友介紹
□DM傳單 □廣播 □電視 □其他

你對本書的評價：（請填代號 1.非常滿意 2.滿意 3.普通 4.不滿意）
書名_____ 內容_____ 封面設計_____ 版面設計_____

讀完本書後您覺得：

1.□非常喜歡 2.□喜歡 3.□普通 4.□不喜歡 5.□非常不喜歡

您對於本書建議：

感謝您的惠顧，為了提供更好的服務，請填妥各欄資料，將讀者服務卡直接寄或傳真本社，歡迎加入「印刻文學臉書粉絲專頁」：http://www.facebook.com/YinKeWenXue 和舒讀網（http://www.sudu.cc），我們將隨時提供最新的出版活動等相關訊息與購書優惠。

讀者服務專線：（02）2228-1626 讀者傳真專線：（02）2228-1598

之下狂亂地奔竄著。前進了一百碼左右，那條小路峻峭地彎著，轉進大路裡面．這時應該有一個富於經驗的人來扶正那頭重腳輕的雪橇，哈爾顯然不是那樣的人。他們在轉彎的地方躍進著的時候，那雪橇傾倒了，所裝載的東西有一半從那鬆鬆的繩索裡倒了下來。那些狗並不停腳。那減輕了的雪橇傾斜一邊地在他們後面跳躍著。他們因為受到虐待和不合理的荷載而發怒。巴克更是激怒了。他發起腳步奔跑，狗隊跟著他的領導。哈爾「啊！啊！」地叫著，但他們一點都不加理會。他腳下一滑，就被拖跌在地上。那翻倒了的雪橇壓過他身上，那些狗便跑上了大路；一面替司卡桂城的人們增加笑料，一面把雪橇上面剩下的東西沿著大路拋散了。

一些好心的居民勒住了狗，拾起那些被拋散了的東西。同時他們也提出了忠告。他們說，如果真想跑到道生，東西要減少一半，狗要增加一倍。哈爾和他姊姊、姊夫不高興地聽從了，張起營帳，在檢視著那些雜物。許多罐頭食品被翻倒出來，令人大笑，因為在長途的雪道上，帶著罐頭簡直是做夢。「那些毛毯夠開一家旅館哩，」有一個人一面幫忙，一面說。「連這一半都算太多了，丟掉一些吧。把那營帳也摔掉，所有碟子都摔掉，——到底誰去洗它們呢？我的上帝，你們以為是在一輛臥車上旅行嗎？」

他們依著做了，開始嚴厲地選擇和拋棄多餘的東西。當馬希德的行李被摔在地上，一件一件的東西被摔出來的時候，她哭了。她不住地哭著，每當摔一次東西的時候，就放聲大哭一次。她兩手抱住膝蓋，一前一後心疼地搖動著身子。她堅決地說就是為了十二個卻利司，她也不肯再走一吋路了。她對所有的人和東西哭訴著，最後一面揩著眼睛，一面著手把甚至必不可少的衣物也摔了出去。而當她已經把自己的東西摔完的時候，她盛怒地像一陣狂風似地跑進那兩個男子裡面，去襲擊他們的所有物了。

這樣做完了以後，那些東西雖然減少了一半，但仍然是可怕的一大堆。卻利司和哈爾在傍晚的時候出去買了六匹外國輸入的狗回來。加上原來的六條狗，以及在那次破紀錄的旅行裡，到溜冰坡加入的兩匹哈司基狗，提克和古那，這個狗隊便是十四條狗的組合。但是這些外國狗，雖從上岸那時起便受了實際的訓練，卻仍然無濟於事。有三條短毛的獵狗，一條新芬蘭狗，和另外兩條不能肯定是什麼種的狗。這些新來的傢伙好像什麼都不曉得似地。巴克和他同伴們嫌惡地望著他們，而且，雖然他能夠敏捷地教會他們該站什麼位置，和不要做什麼事，但他不能夠教會他們要做的那些事情。他們並不熱心於縴繩和雪道的工作。除了那兩條雜種狗以外，他們都被他們自己置身其中的怪而野蠻的環境，被他們所受到的殘忍待遇，弄得迷糊而靈魂散亂了。那兩條雜種狗是根本就沒有靈魂的；可以受訓練受磨折，因為他們只是有些骨頭罷了。

因為新來的狗已經不行也沒有希望，而老狗隊又被二千五百哩的連續旅程弄得筋疲力竭，所以前途很明顯，是沒有什麼光明了。但無論如何，那兩個男人是十分高興的。同時他們也很自傲。他們已經用了十四條狗來把這件事情弄得像樣兒。他們曾經看見過許多別的雪橇，越過白山道到道生去，或者從道生回來，但他們從來沒有看見過一輛雪橇上有十四條狗這麼多的。在北極旅行，為什麼不用上十四條狗呢？道理是：一輛雪橇無法帶上十四條狗的食糧。但卻利司和哈爾並不知道這個道理。他們曾經用筆計算整個旅程，一條狗吃多少，有多少條狗，多少天，這樣便知道總數是多少了。馬希德在他們肩膀上望著，頓悟地點點頭，一切好像就這麼簡單。

第二天早上很遲，巴克才領著浩浩蕩蕩的狗隊走上了大路。走起來毫無生氣，他和他同伴，一點氣力都沒有了。他們都是在極端的疲勞裡出發的。他已經在鹽海和道生之間走了四次之多，那種對於疲憊和倦怠的經驗，使他對著這同樣的雪道又一次感到痛苦。他的心並不在工作，沒有任何狗把心放在工作的。那些外地狗都膽怯而且害怕，內地狗又對他們的主人沒有信心。

巴克暗暗地感到這兩個男人和那個女人是不能信賴的。他們什麼事都不懂得怎麼做，而且過去的幾天又明顯地證明他們不能學習。他們做任何事情都是懶散的，沒有秩序也沒有規律。搭一個營帳要花半個晚上的工夫，拆除帳幕和裝載完畢又得花去半個早上；而且裝得那樣零亂，使得他們在白天，常常要停下來，重新整理那裝載的東西。有時他們一天走不上十哩路。有些日子他們簡直弄到不能夠出發。而無論哪一天，當他們檢討以狗糧為基礎而定下來的路程時，他們簡直沒有達到過那距離的一半。

他們就要碰到狗糧缺乏的問題了。但他們卻用過度的餵食要來加速行程，而使食物不足的日子更快點開始。那些外國狗，他們的消化力不曾受過慢性飢餓的訓練，不能從小量的食物吸取大量的滋養，因此食欲都極為旺盛。除此之外，每當那些筋疲力竭的哈司基狗軟弱地拖著的時候，哈爾認定那是因為食物分量少的緣故。因而他把食物分量加倍了。還有更加要不得的，便是馬希德當她的眼淚和喉聲，不能夠勸誘他給那些狗再多點食物的時候，她便從魚袋裡悄悄地偷出來餵了他們。但巴克和那些哈司基所需要的並非食物，而是休息。因此縱使他們走得那樣慢，他們拉著的那沉重的荷載還是殘酷地耗盡了他們的氣力。

隨後就輪到食物不足了。哈爾有一天發現了這個事實，狗的食料已經去了一半，而路程走不到四分之一；而且，不論講人情或者講金錢也好，狗的食料是沒有法子增加的。因此他減少了口糧的分量，同時試想增加每天的路程。他姊姊和姊夫都贊成了；但他們的計畫因那些笨重的行李和自身的無能而達不到目的。給那些狗較少的食物是容易的，但要他們走得快些卻是不可能的。況且因他們自身的無能，每天早上不能夠早點出發，也使得他們沒有更多的時間跑路。他們不只不曉得怎樣使狗工作，就是怎樣使自己工作，他們也是不曉得的。

第一個死掉的是達布。雖然他是一個可憐的手腳遲鈍的賊，常常被捉到和受懲，但他卻不折不扣地做過一個盡心盡力的工作者。他那扭傷了的肩胛骨，因為被虐待和缺乏休息，傷勢是一天比一天壞了，直到最後，哈爾只有用那柯爾脫大手槍結果了他。這地方的人有句俗語，外國狗吃哈司基狗的食量就要餓死。所以巴克手下那六條外國狗，在哈司基狗一半的食物分量上，除了死是一點辦法都沒有了。那條新芬蘭種狗最先餓死，跟著是那三條短毛獵狗，那兩條雜種狗頑強地要延長生命，但結果還是死掉了。

這個時候，所有南方風度的溫柔和融洽，從這三個人中間消逝掉了。北極旅行的興味和色彩已經完全減削，他們所感到的，是一個對於他們的男性和女性太過殘酷的現實罷了。馬希德停止了為狗而哭泣，倒是常常為自己而哭泣著，並且常常和她的丈夫和弟弟吵著嘴。他們從來不曾感到疲倦而不做的，就只有吵嘴這一件事。他們的容易激怒因他們的不幸而來，和它同時增大，反過來影響它，甚至更超過了它。有些男子具有一種很奇特的對於雪道的忍耐力，他們辛苦地工作，艱難地過活，而仍然保存著溫厚和言語間的風趣；可是這兩個男人和這個女人並不具有這種特性。他們一點這種耐力都沒有。他們處在難堪和痛苦之中，筋肉發痛，骨頭發痛，其至連心裡也發痛了；因此，他們就變得言語尖刻，早上第一句話如此，晚上最後一句也是如此。

不論什麼時候，只要馬希德給他們一個機會，卻利司和哈爾就吵起嘴來。每個人都懷著一種確信，他做著超過他本分的工作。並且誰都不願意壓抑，一有機會就把他們的確信講了出來。有時馬希德幫她丈夫，有時幫她弟弟。結果就是一場好笑的無休止的家庭吵鬧。從誰應該去砍點柴枝來燒火的爭論開始，原來只是一場有關卻利司和哈爾的爭論，現在牽連到家族裡的其他人了，父親們、母親們、叔伯們、兄弟姊妹們、幾千里外的人物，甚至他們之中，有些是死了的。哈爾對於藝術的意見，或者他舅舅寫的社會劇跟砍柴火有怎樣的關係，是他所不理解的；然而那些爭論，是向著卻利司政治上的偏見的方向展開了。同時卻利司的妹妹的饒舌，和在玉康河岸生火這件事，有怎樣的關係，馬希德應該明白；然而她在這個題目上解除重負似地說了一大堆意見，還附帶說到使她特別不高興的，她丈夫家族的一些別的特徵。這樣，火自然生不起來，帳幕依舊半張著，而狗還沒有餵食。

馬希德開始有了特殊的抱怨——一種女性的抱怨。她是美麗而溫柔的，而且，她有生以來，都受著豪俠的待遇。但現在她丈夫和她弟弟給她的待遇，卻一點都不像豪俠所應當做的。做成軟弱無助的樣子是她的習慣，但現在他們不滿她這個樣子了。他們責難了原是女性最基本的特權，因此她就把他們的生活弄成不堪忍受。她再不注意那些狗。又因為她很辛苦疲倦，她堅持著要乘坐在雪橇上，她是美麗而溫柔的，不過她的體重卻有一百二十磅——加在用這樣衰弱而飢餓的獸類拖著的，已經過重了的行李上面，總是夠厚的一捆了。她乘坐了好幾天，直到那些狗仆倒在縴繩中間，而那雪橇屹立不動。卻利司和哈爾請她跳下來走路，向她哀告懇求，而她只是哭泣，並且向著上天數說他們的殘暴。

有一次，他們用全力把她從雪橇上弄下來了，他們說絕不會再有這種事情的。但她卻像一個縱容慣了的孩子，癱軟她的腳，坐在雪道上。他們一直往前走去，可是她動都不動。他們走了三哩路之後，逼不得已又把橇上的行李拿下來，跑回來接她，而且用全力把她抬回雪橇上。

在他們自己的不幸太過嚴重的時候，他們對於狗的痛苦也就變得殘暴無情了。哈爾有一個對別人實用的理論：一個人必須受訓練而成為頑石般的堅強才行。他曾經將這種理論向他姊姊和姊夫宣傳。失敗之後，他便用棍子將這種理論打進那些狗的腦袋裡。到了五指灘，狗糧吃完了，有一個沒有了牙齒的印第安老婦人向他們提議，想用幾磅冰凍了的馬皮，來交換那把在哈爾的腰間，一向伴著那把獵刀的柯爾脫式的連發手槍。這些馬皮的確是一種很糟糕的食物的代用品，因為它是六個月以前，從牧場裡餓死了的馬匹身上剝下來的。照冰凍的程度看來，那倒是更像一條條鍍鋅的鐵片，而當狗把它吞下肚子之後，它就融化了，成為一些細小的絕無營養的皮串索和一堆短毛塊，不住地刺激著胃而無法將它消化掉。

雖然情形如此，巴克仍然領著全隊，像在一個噩夢裡似地顛簸著前進。拉得動的時侯就拉著；拉不動了，他就跌倒躺在地上，直等到那些鞭子或棍子打得他重新站了起來。所有的彈性和光彩都從他美麗的毛衣上消失了。他的毛髮柔軟而邋遢地下垂著，而在哈爾棍子打傷的地方，軟毛和乾血凝結成塊。他的肌肉已經消耗得跟打了結的繩串一樣，肉塊是完全不見了，因而在他的骨架上每一根肋骨經過層層摺疊成空的鬆皺的表皮，都清清楚楚地刻畫出來了。那是令人心碎的，幸虧巴克的心是不能擊碎的。那穿紅運動衫的男人已經證明過這一點。

巴克這樣淒慘，自然他同伴也一樣可憐了。他們都是些浮游的骷髏。連他在一起，一共還有七條。在他們當前的大不幸裡，他們對於皮鞭的刺痛或棍子的毆打，已經變成沒有感覺了。正如他們眼睛看見的和他們耳朵聽見的一切東西，似乎都麻木而遙遠，挨打的那種痛覺也一樣麻木而遙遠了。他們不是半死半活，簡直連四分之一的生氣都沒有。他們不過是那麼幾口袋骨頭，生命的火花在那裡面微弱地閃爍著而已。每次停了下來的時候，他們便跌倒在縴繩中間，像是死了的狗，而那火花便更加矇朧灰暗，似乎要熄滅掉了。等到棍子或皮鞭落到他們身上，那火花才又慘澹地揚了起來，他們便又搖搖欲墜地站起身，顛簸著前進。

有一天，那好脾氣的比利，跌倒了而且不能起來了。哈爾已經賣掉了他的手槍，因此當比利躺在縴繩中間的時候，他便拿了一把斧頭來，砍在比利的腦袋上，跟著拖出屍體丟在一旁。巴克看見，他同伴也看見，他們都曉得這種事情很快就要輪到自己的身上了。誰曉得第二天古那就死掉，於是他們就只剩下五個了。左依，疲倦得太厲害，連作惡都沒有力氣；排克，殘廢地跛著腳走，整天半昏半醒地，再也沒有法子可以意識到要裝病了；索列克司，那單眼的傢伙，仍然忠實地做著縴繩和雪道的苦工，而悲傷著自己只能有那麼一點點力量；提克雖然在那個冬天不曾跑過許多路，但因為他是新手，因此比別個挨了更多的打。而巴克，仍然站在全隊的先頭，但再不強迫別人遵守規律，甚至不企圖那樣做了。因為衰弱，有一半的時候似乎瞎了眼睛，在半隱半現的雪道上，用他的雙腳的矇朧感覺，繼續跑著路。

那正是美麗的春天，但狗和人都不曾感覺到。太陽每天升得較早而落得較遲。早上三點鐘天就亮了，而一直到晚上九點鐘還殘留著黃昏的光線。整個長長的一天全是太陽的光輝。那陰森冬天的沉寂已經給那偉大的春天覺醒了的生命的潺潺聲響所取代了。這種潺潺聲響從四面八方升騰起來，滿載著生存的歡樂。它是從一切重新活動而生存的東西發出來的，是從那在長長的寒凍的冬月裡，好像死掉了似地，不曾活動過的一切東西發出來的。松樹的漿液冒了出來。綠柳和白楊都怒茁著嫩芽。灌木和蔓草披上了鮮綠的衣裳。蟋蟀夜夜鳴唱，各種爬行的、蠕行的生物在日裡都沙沙作響地投進陽光懷裡。鷓鴣和啄木鳥在森林裡咕嚕咕嚕地叫著，篤篤地敲著。松鼠在呢喃，群鳥在高歌，而在天空中，野雁像天鵝般啼叫，從南國飛渡到這裡，排成狡黠的楔形，把青雲劃裂了。

每一個山坡都傳來琤淙水聲演奏著看不見的泉流的音樂。所有的東西都在消融著，彎轉著，發出畢剝的聲響。玉康河也在努力抖碎那些壓抑著它的冰塊。河水從底下消蝕著冰塊；太陽在上面照耀。氣孔做成了，裂紋向四面擴張著，而那些薄薄的冰塊，便一片一片地從河面沉下去了。在所有這種覺醒了的生命的爆裂、撕扯、悸動之中，在輝耀的陽光之下，在輕柔地嘆息著的微風裡面，那兩個男人，一個女人，和幾匹哈司基狗，好像徒步旅行似地走向死亡。

那些狗仆跌著，馬希德乘坐著而且哭泣著，哈爾一點狠氣都沒有地咒罵著，卻利司的眼睛憂愁地淌著淚水，他們就這樣顛跌著走到白河河口，進了約翰・桑頓的營地。當他們一停下來的時候，那些狗統統跌倒了，就像他們全被打死了似地。馬希德擦乾了眼淚，望著約翰・桑頓。卻利司坐在一堆木材上面休息。他因為全身僵硬了，坐下的姿勢顯得緩慢而吃力。哈爾來問話。約翰・桑頓正在一把由樺木做成的斧柄上面削著最後的幾下。他邊削邊聽著，做出單音節的反應，而當他被詢問意見的時候，就做出簡明的勸告。他曉得他們是什麼樣子的人，並且他也確實知道，他的勸告，是不會被重視的。

「前面的人告訴我們，說河底已經融掉，雪道不能走，叫我們最好不要前進。」在桑頓警告他們不要在那些將解凍的冰塊上面，再做第二次冒險的時候，哈爾這樣回答。「他們說我們走不到白河，而現在到了。」最後那一句，很明顯是用一種得意的、諷刺的口氣高聲表達。

「他們跟你們說的話一點都不假。」約翰·桑頓答道：「河底隨時都會融破的。只有蠢才，帶著蠢才的瞎運氣，才能夠走到這裡。我老實告訴你吧，就是把阿拉斯加所有的金子全部給我，我也不會拿我的命在冰塊上冒險。」

「我想，也許你不是蠢才吧，」哈爾說了。「反正都一樣，我們一定要趕到道生才停止。」他揮動那根皮鞭。「站起來呀，巴克！嗨！站起來！走呀！走呀！」

桑頓繼續削著。他曉得把自己介入蠢才和他的蠢勁之中，那是白費力氣。何況多兩個或少兩個蠢才，對於世界的秩序也不會有什麼影響的。

但那個狗隊並不聽了命令就站起來。他們都要挨打才肯站起來，這種情形已經持續很久了。皮鞭在它無情的使命下，這兒那兒地到處閃動著。約翰·桑頓壓閉著他的嘴唇。索列克司首先爬起來了。其次是提克。再其次是左依，他痛苦地慘叫著。排克拚命使著力。有兩次他站起了一半又翻倒了，直到第三次才勉強站住了。巴克一點都不用力。他靜靜地躺在他倒下的地方。鞭子一下一下地打在他身上，但他既不哀號也不掙扎。有幾回桑頓跳起來，好像要說話，但最後又改變心意。他的眼睛潤濕了，那鞭子繼續打著，他一面站起來，猶豫不決左左右右地走著。

這是巴克第一次不能盡忠職守，這事情的本身，就足夠令哈爾狂怒了。他放下皮鞭，換上了一根棍子。現在落到他身上的是更重的毆打，但巴克連動一動都覺得多餘。跟他同伴們一樣，他可以勉強站起來，不同的，是他已經下了決心不起來了。他有著一種災難降臨的漠然的感覺。這種感覺在他拉到河岸的時候就很強烈，一直沒有消失。他曾經整天踏著那些薄而要融裂的冰塊，現在他的主人又要趕他出去，走上那條橇道了，他彷彿有一種災難馬上就要來到的感覺。他無論如何不肯動。他已經受了那麼大的折磨，感覺又是那麼微弱，因此對毆打也就不覺得怎麼厲害了。當毆打繼續降落在他身上，他內部生命的火花，閃爍不定地消沉，快到熄滅的地步。他感到奇怪的麻木。他是知道他挨著打，不過那似乎非常遙遠，最後痛苦的感覺也離開他了。雖然他能夠非常微弱地聽見棍子打在身上的聲音，但他再不能感覺什麼。大概那已經不是他的身體，而彷彿很遠地，誰在打什麼。

那當兒，突然而沒有警告地，約翰・桑頓發出一聲音節不明而更像獸類的呼號，向那揮舞著棍棒的男子撲去。哈爾被衝退了，就像是被一棵倒覆的大樹所撞擊。馬希德尖聲嚷了起來。卻利司木然地望著一切，擦著他那噙淚的眼睛，但因為渾身僵硬而站不起來。

約翰・桑頓站在巴克前面，努力控制自己，因憤怒而過分激動，許久說不出話來。

「要是你再打那條狗，我就打死你。」他終於勉強用一種窒息的聲音說了。

「那是我的狗，」哈爾一面走回來，一面擦著從嘴角裡流出來的血，回答著：「我們要到道生去。你趕快給我滾開，要不然我就要動手了。」

桑頓站在他和巴克中間，表示沒有一點要走開的意思。哈爾拔出了他的獵刀。馬希德叫著，笑著，哭喊著現出紛亂的歇斯底里的狂態。桑頓用那根斧頭柄敲中哈爾的指節，把他的刀打落在地。當哈爾打算去拾刀的時候，桑頓又打中了他的指節。

隨後桑頓住了手，自己將那把刀拾起來，剁了兩下就把巴克的繂繩割斷了。

哈爾已經沒有再戰鬥的勇氣。而且他的雙手，正確一點說是他的雙臂，也被他姊姊緊緊地夾住了；看看巴克，又是瀕於死境，再不能用來拉雪橇了。於是幾分鐘之後，他們便從河岸一直拖向河裡。巴克聽見他們走了，還抬起他的頭來看。排克領隊，索列克司押陣，在他們中間的是左依和提克。他們都跛著腳，走起路來搖搖欲墜。馬希德還坐在那堆滿行李的雪橇上面。哈爾拿著橇舵，而卻利司跟在後面顛躓地走。

巴克望著他們的時候，桑頓跪在他旁邊，用粗糙而慈愛的雙手找尋他被打斷的骨頭。他的找尋沒有什麼發現，只見許多傷痕，和一種可怕的飢餓狀態；這個時候，雪橇已經走了四分之一哩那麼遠了。巴克和那人，一起注視著他們在冰塊上面蠕行前進。突然地，他們看見雪橇的末端陷落下去，像掉進了一個凹槽裡，跟著哈爾緊握住的那根舵棒，突然躍到半空中。馬希德尖銳的喊叫聲傳到他們的耳鼓。他們看見卻利司轉過身想跑回頭，而那一整塊冰裂開來，那些狗和人物都完全消失掉了。所能看見的只有一個裂開嘴似的大洞罷了。那條雪道的底子已經陷落了。

約翰·桑頓和巴克彼此望著。

「你可憐的傢伙啊！」約翰·桑頓說了，巴克便舐著他的手。

6 只是為了愛他

當約翰·桑頓在前個冬天凍傷了腳的時候，他的同伴們為了要使他舒服一點，便把他留下來休養，他們則繼續沿河而上鋸木做筏，預備再接他到道生去。在桑頓拯救巴克的時候，他還有點兒跛，但隨著天氣的暖和，連那一點點跛腳也好了。巴克在這裡，整個長長的春天就躺在河岸邊，望著那滾動的流水，懶懶地聽著那些鳥雀的歌唱，和自然界嗡嗡的聲音，他也慢慢地恢復元氣了。

在一個人跑過三千哩路之後，來一次休息是再好不過的，而巴克因為傷痕痊癒了，筋肉鼓脹起來，並且那些肉又重新包上他的骨頭，變得有點兒慵懶了，這也是必得承認的。在這種情形下，他們全體都在閒蕩著——巴克、約翰·桑頓、司基特和尼格——都在等待著那隻木筏來載他們下道生去。司基特是一條小小的愛爾蘭獵狗，她很早就和巴克攀交情，而巴克在一種垂死的狀態之下，對於她第一次的表示，也發不出什麼脾氣來。她具有著某些狗所具有的醫生的特點；她像母貓舐她的小貓一樣，將巴克的傷口都舐乾淨了。她規律地在他吃過早餐之後，便來履行她指定自己的任務，以致後來他需要她的服侍，像他找尋桑頓似地找尋她。同樣很和氣，不過很少有什麼表示的尼格，是一匹半偵察狗半獵狗的大黑狗，有一雙含笑的眼睛和一種無限良善的氣質。使巴克驚訝的是這些狗並沒有表現出什麼妒忌。他們好像平分了約翰·桑頓的慈愛和寬厚。在巴克變得較強壯些的時候，他們就誘引他參加各種好玩的遊戲，桑頓自己也不能夠克制自己，要加進去一起玩；巴克便在這種遊戲裡，度過他的復元期，而進入新生的境界。

他第一次發現了愛，純真熱烈的愛。在陽光含笑的山大克拉平野中，在米勒法官的大廈裡，他從來沒有經驗過這種東西。和法官兒女們去打獵和散步，他不過是一個工作上的陪伴者；和法官孫子們在一起，也不過是在盡一種壯麗的守護者的責任；而和法官本人在一起，那也不過是一種莊嚴高貴的友誼罷了。但愛是熱烈而燃燒的，是崇敬，是瘋狂。巴克的愛一直到遇見約翰·桑頓才被喚起。

這個人救過他性命，這是一部分理由；但更大的理由，卻因為他是一種理想的主人。別人照料他們的狗的溫飽，只由於一種義務的念頭和事業上的方便；他照料他的狗的幸福，竟把他們當作自己的孩子，因為他愛他們，不能夠不這樣做。於是他便照料得更周到了。他從來不曾忘記過一些仁慈的招呼，或者一些激勵的字眼；並且他很高興坐下來和他們長談——這種長談他叫做「瞎扯」——正跟他們的高興一樣。他有個習慣，喜歡粗暴地用雙手夾住巴克的頭，前前後後地搖著他，一面叫著各種渾名，巴克以為那是親暱的稱呼。這種粗暴的擁抱和喃喃不休的疼罵，是他一種極大的快樂。在每次突然被拉前或突然被推後的時候，他的心就好像被搖出身體外面，而感到如夢的狂喜。當他一被放開，他就跳了起來，嘴巴笑著，眼睛閃出豐富的表情。喉嚨抖顫出難以言說的聲音，而且就保持那個樣子不動。那時候，約翰·桑頓就會敬重地驚嘆著：「天哪！除了講話，你什麼都行啊！」

巴克也有一種花樣，彷彿真要使人像受傷似地表現他的愛。他常常會啣住桑頓的手，而且狠狠地咬著，使那塊肉過了好久還帶著他的牙痕，正如巴克明白那些惡罵不過是些疼愛的字眼，因此那個人也明白這種假咬不過代替一種擁抱罷了。

但無論如何，巴克的愛大部分還是表現在尊敬裡面的。當桑頓觸著他或者跟他說話的時候，他是因快樂而變成狂喜了，但他並不去找尋這些表示。不像司基特是習慣於拿她鼻子在桑頓手掌下輕輕地推著、觸著，直到被愛為止。也不像尼格，他會昂然地站起來，把他的大頭放在桑頓的膝蓋上面。巴克只要遠遠地站著表示他的仰慕。他會熱心而機伶地在桑頓腳下躺幾個鐘頭，仰望著他的臉，停留在那上面，研究它，用最銳利的注意跟著他每一個瞬間的表情，看每一個容貌的轉動和變化。或者在另外的場合，他會躺在較遠的地方，從旁邊或者後面望著那個人的輪廓和軀體的各種動作。並且他們之間常常有著這樣的一種感應：巴克凝視的力量能把約翰・桑頓的腦袋拉轉過來，於是他也會以凝視回答巴克，無言地，他的心從他的眼裡輝耀出來，跟巴克的心輝耀出來一樣。

巴克獲救以後，很長的一段時間，他不願桑頓的人影跑出他的視野。

從他離開帳幕到他又回入帳幕這段時間，巴克都跟在他後面跑。他進到北地以來，他的主人不斷地更換。這在他心裡孕育著一種恐布：沒有主人是能夠永久相依的。他怕桑頓也會從他的生活裡消失，像皮羅特和佛南沙和那個蘇格蘭種的混血兒都消失掉一樣。甚至在晚上，在他夢中，他也會被這種恐布縈繞著。這種時候，他會從夢中驚醒，就冒著冷風，到帳幕邊，站著靜聽他主人呼息的聲音。

雖然他對約翰．桑頓的深切愛戴，那好像表示溫馴的文明的影響，但此地在他心中喚起的那種原始氣質，仍然活躍地存在著。忠誠和信念，以及從烤火與屋內所產生的各種東西，他都具有；但他也保持了他的野性和狡黠。與其說他是一隻帶著若干年代的文明烙印的、溫馴的南方狗，倒不如說他是一種野性的東西，從蠻荒走來，坐在約翰．桑頓的火堆旁邊。只是因為他深切的愛，他才不能夠從這個人偷取東西，要是對別個人、對別的營地，他是一點都不用遲疑的；何況他用來偷東西的那種狡黠，使他能夠逃出偵察者的耳目。

巴克的臉上和身上都刻滿許多狗的牙痕，而他的戰鬥還能跟從前一樣的凶猛，一樣的敏捷。司基特和尼格脾氣都太好了，不至於爭吵——另外還有個理由，就是他們是同屬於約翰．桑頓的。但是陌生的狗，不管他是什麼種，怎樣勇敢，都迅速地承認了巴克的優勝，否則他們就要和一個可怕的敵手來競爭生存。巴克是絕無寬容的。他已經深知那種棍棒和牙齒的法律，因此他絕不放過任何一個有利的機會，或者從一個被他追向死亡的敵人那兒鬆手。他已經被司皮茲，被警察和郵運的狗隊主要的戰狗教訓過了，知道除了愛和恨，沒有第三條路可走。他必須支配別人，否則就一定被支配；而表示寬容是一種弱點。寬容在原始生活中是不存在的。那要被誤解為害怕，而這種誤解是會招致死亡的。殺或被殺，吃或被吃，這是法律；對於這種從「時間」的深處傳下來的諭令，他是服從的。

他是比他看見過的日子和呼吸過的氣息更年老的。他連結了過去和現在，而在他後面的永世，用一種強力的韻律在他體內鼓動著，為了相應這個鼓動，他像潮汐和季節似地變動了。他坐在約翰·桑頓的火堆旁邊時，是一條胸寬、牙白而毛長的狗；然而在他背後，卻有著各種狗，半狼般的和完全是野狼般的黑影催逼著他、鼓舞著他，分嘗著他所吃的肉香，渴想著他所喝下的水，和他一道嗅著風色，和他一道靜聽著森林裡各種野獸發出的聲響，向他訴說著；指導著他的心情，支配著的動作；當他躺下來的時候，也躺下來和他一道睡覺，和他一道作著夢，又超越他之上地作著夢，並且把他們自己變成他夢的材料。

這些黑影強制地向他招手，因此一天天地，人類和人類的要求從他那兒滑脫得更遠了。在森林的深處，往往響著一種呼喚，對他來說，是那麼神祕、刺激而誘惑，他便感到被迫著要轉身，背向火堆和那圍住火堆的被踏平了的土地，而飛躍到森林裡面去，他不知道要飛躍到什麼地方，也不知為什麼要飛躍。他其實也不去猜想到什麼地方或為了什麼，那種呼喚響著，在森林的深處命令著。但每當他跑進那鬆軟的，人跡未到的土地和綠蔭裡的時候，他對約翰・桑頓的愛又把他拉回火堆旁邊來了。

只有桑頓一個人牽引住他。其餘的人都是無所謂的。偶然也有過往的人會稱譽他或愛撫他；不過他對他們是冷淡的，而且，如果碰到一個對他過分表現好感的人，他會站起來就走掉。當桑頓的夥計漢司和彼得，乘著一隻期待了好久的木筏來到的時候，巴克並不理睬他們，直到他看出他們跟桑頓是很親切的；在那以後，他就用一種被動的態度去接受他們，他接受他們的好意，好像是給他們恩惠一樣。他們和桑頓同樣寬大，接近大地生活著，思想簡單而觀察明晰；在他們搖著木筏走進道生一家鋸木工廠旁邊的那個大漩渦之前，他們已經瞭解巴克和他的脾氣，而不堅持從他那兒獲取像跟司基特和尼格一樣的親暱的表示。

無論如何，他對於桑頓的愛似乎一天天地滋長了。能夠在那個夏天的旅行裡，放一包東西在巴克背上駝著的，就只有桑頓一個人。只要是桑頓命令的，巴克就什麼事情都做。有一天，他們攜帶了食糧和用具，乘坐著木筏，在離開道生到塔南那河底上游去的途中，人和狗都坐在一個崖頂上休息著。那懸崖筆直地下垂著，離那塊凸光的堅石地面有三百呎高。約翰·桑頓靠近邊沿坐著，巴克蹲在他的肩旁。桑頓突然起了一種怪念頭，未經思索的他用他心裡布置好的試驗，把漢司和彼得嚇壞了。「跳呀，巴克！」他伸出手臂，向那山坑一揮，這樣命令著。但在另一瞬間，他又很快地在崖邊和巴克扭纏著，幸虧漢司和彼得把他們拖回安全的地方。

「那是不可思議的。」事情過去之後，他們透了一口大氣，彼得這樣說。

桑頓搖搖頭。「不，那是精采的，也是可怕的啊！你們知道嗎，有些時候真令我擔心哪！」

「他在你身邊的時候，我就不做那個要加害你的人了。」彼得朝著巴克點著他的腦袋，斷然地這樣宣布。

「我可以發誓！」漢司添了一句，「我自己也不敢。」

那年年底，在圓圈城裡，彼得的預料實現了。「黑神」布爾敦，一個脾氣乖張而凶惡的男子，在酒吧裡和一個新來的傢伙不住地吵著，桑頓好心地前去排解。巴克照例躺在一個角落裡，頭放在前腳上面，注視他主人的一舉一動。沒有預先警告，布爾敦便出拳逕向桑頓的肩膀打去。桑頓被擊得稀里呼嚕地打轉，幸虧握住酒吧的欄杆，才沒有跌下。

那些旁觀的人聽見了一種既不是吠，也不是哼的聲音，正確地說，那簡直是一聲怒吼，接著他們便看見巴克躍起身軀，直向布爾敦的喉嚨撲去。那男子本能地張開他的手臂來救自己的生命，巴克把他掀倒在地，跳在他身上。巴克從那人手臂的肉上拔出牙齒，又咬進他的喉嚨。這一次那男子只防禦了一部分地方，他的喉嚨便被撕裂了。一群人湧了上來，將巴克趕開；但當外科醫生來替傷者止血的時候，他還左左右右地鑽來鑽去，震怒地咆哮著企圖衝進去，但終於被一排有敵意的棍棒逼退了。「礦工會議」在當地召集起來，最後議決那狗完全是因為受了激怒而引起，巴克便被判無罪。不過他因此聲名大噪，而且從那一天起，他的名字傳遍阿拉斯加所有營地。

其後，在另一年的秋天，他又用一種完全不同的方式救了約翰・桑頓的生命。這三個夥計駛著一隻長而窄的撐竿船，下一塊很險惡的四十哩河的急流淺灘。漢司和彼得沿著河岸走，用一根細的馬尼刺繩子從一棵樹到一棵樹地扳控著那隻船；桑頓留在船裡，用一根竹篙穩定住船，使不被沖去，並且向岸上呼喊著方向。巴克在河岸，憂慮而焦急，始終和那隻船並排走著，他的眼睛一刻都沒離開過他的主人。

在一處特別險惡的地方，那兒有一塊礁石。漢司鬆開那根繩子，握著繩頭沿著河岸跑，他要等桑頓通過那塊礁石，再把船拉住。當船通過那塊礁石，便陷入一條水車溝似的急流，向下游飛跑著，漢司用繩子要扳住它，但扳得太突然了。船翻了一個身，船底朝天，衝到岸上，而桑頓整個人被拋了出來，被捲入急流裡最危險的部分，那一股激流，是沒有一個游泳者能夠生還的。

就在那瞬間，巴克跳進水裡游了三百碼，在一個急湍的漩渦裡，追上了桑頓。當巴克感到桑頓握住他尾巴的時候，他便面對著河岸，盡全力游去。但向岸邊游去的進程緩慢，而往下流的進程卻是驚人地迅速。從河底下傳來致命的怒吼，凶暴的激流沖過那些像巨大的梳齒一樣的巖石，激成無數的碎浪和水花，而變得更加凶暴了。河水已經開始要急流而下，吸力大得怕人，桑頓知道要游到岸邊是不可能了。他猛烈地撞過一塊巖石，又撞過第二塊，便用猛衝的勁兒撞向第三塊了。他放開了巴克，雙手扳住巖石溜滑的尖項，並且用著比激流的水聲更高的聲音嚷道：「去，巴克，去呀！」

巴克不能控制住自己，被沖向下游，無望地掙扎著，但沒辦法再回來。當他聽見桑頓反覆地嚷著時，他把上半身挺出水面，頭抬得高高的，然後服從地轉向岸邊去了。他盡力地游著，到那不能再游而差不多又要被沖下去的地方，恰好被彼得和漢司拖上了岸。

他們知道，一個在激流沖擊下，能夠抓著一塊溜滑的巖石的時間，頂多不過幾分鐘，因此他們就儘快地沿著河岸向桑頓勾掛著的上游跑去。他們用那根曾經吊船的繩子，縛住巴克的脖子和肩膀，同時小心地不使繩子勒住他的呼吸，又不妨礙他的游泳，便把他放進河裡。他勇敢地游去，但不能夠直線地游到河心。當桑頓和他並著肩，只相隔五六步的時候，他又無法阻止地被捲退了。他發現這個錯誤的時候已經太遲了。

漢司趕快收緊繩子，就當巴克是一條船。在激流沖擊之下，繩子縛緊了他，把他壓進水裡，直到他身體碰著河岸，才被拖了出來。他已經溺得半死了。漢司和彼得飛快地騎在他身上，把氣打進他肺裡，把水擠了出來。他搖搖晃晃地站起來，但馬上又倒下。桑頓呼喊著的微弱的聲音傳進他們耳鼓，雖然他們聽不清楚那是些什麼話，但他們都曉得他處在極端的危險之中。巴克的主人的聲音在他身上的作用就跟一股電流的震動一樣。他跳了起來，在那兩人之前跑向河邊，到他剛才從那兒離開的地方。

那根繩子又縛在他身上，他又被放下水裡，但這次是直對著河心游去了。他已經錯了一次，第二次不會再犯同樣的錯誤了。漢司拉著繩子，不使它有一點鬆弛，同時彼得把它擺得正正地，不使它有一點盤扭。巴克繼續游去，一直保持著正對桑頓的一條直線；於是他轉過身，用特別快車那樣的速度，朝桑頓衝去。桑頓看見他來了，就在巴克被激流衝下，像一輛戰車似地撞到他身上的時候，他伸開兩臂抱住巴克毛茸茸的脖子。漢司即刻繞著樹身勒住繩子，巴克和桑頓便突然被拖到水裡，被繩子勒著，被水悶著，他們兩個一會兒這個在上面一會兒那個，拖過那鋸齒般的河底，碰在巖石和沉木上，最後，他們被拖上了岸。

桑頓腹部向下，橫伏在一截漂木上，被漢司和彼得猛烈地一前一後搖動著，便漸漸醒來了。他一睜開眼便在找尋巴克。他看見尼格站在巴克軟弱的、顯然沒有生氣的身旁，持續地高聲吠著，而司基特卻舐著他濕淋淋的臉和那雙緊閉的眼睛。桑頓本身也被撞傷了，但他還小心地起來檢驗巴克的身體，當巴克被弄醒時，桑頓發現巴克斷了三根肋骨。

「這樣吧，」他宣布：「我們就在這兒紮營。」

他們就住在那裡，一直到巴克的肋骨好轉，能夠旅行的時候。

那年冬天在道生，巴克又做了一件驚人的事。也許不算怎麼英勇，不過那件事卻使他的名字，在阿拉斯加名譽的圖騰竿上，加上許多刻畫了。這樁功勞特別令三個男子都感到滿意；因為由他而獲得的資財是他們迫切需要的，使他們能夠跑到那些採礦人還不曾到過的未開闢過的東部地方，做一次期待了許久的旅行。那件事由於愛多拉都酒店裡的一番談話而引起。在那兒，人們都拿他們寵愛的狗互相誇傲。巴克聲名很大，當然成為他們的話題，而桑頓便被逼著挺身出來替他辯護。談過半個鐘頭之後，有一個人說他的狗能夠拖動一輛裝載著五百磅重量的雪橇，而且可以拖著走；第二個誇說他的狗能拖六百磅；而第三個吹牛說七百磅了。

「呸！那算什麼！」約翰·桑頓說了：「巴克拖得動一千磅。」

「真拖得動？而且能拖著走一百碼？」馬太遜，一個彭南沙的淘金王，那個替他的狗吹了七百磅的傢伙這樣問。

「真拖得動，而且可以拖著走上一百碼。」約翰・桑頓冷冷地說了。

「好！」馬太遜緩慢而慎重地說，這樣好叫大家都聽得見，「我賭一千塊，說他一定辦不到。錢就在這裡。」說著，他就把一條像義大利臘腸那麼大小的一袋金沙，砰然地摔在桌上。

沒有人做聲。桑頓的吹牛，如果那是吹牛的話，現在被要求證明了。他能夠感到一股熱血湧到臉上。他的舌頭故意和他為難。他的確不知道巴克是否能夠拖動一千磅。半噸啊！那巨大的重量使他畏怯了。他對於巴克的力量固然有很大的信心，並且常常想過他是有能力拖動這樣一橇重載的；然而直到現在，他從來沒有親眼看見過這種事情是否可能。十幾個人的眼睛盯在他身上，沉默地等待著。此外，他既沒有一千塊錢，漢司和彼得也沒有。

「我有一輛雪橇，現在正停在外面，上面正好裝了二十袋五十磅裝的麵粉。」馬太遜粗率地說：「這樣沒有什麼問題了吧。」

桑頓沒有回答。他不知道怎麼說。他心不在焉地一個個看著那些人的面孔，好像他已經喪失了思考能力似地，在尋覓著從什麼地方找出東西，使他能重新思考。吉姆·奧勃連，一個馬斯多登的淘金王，同時也是他從前的一個夥伴，臉孔把他的眼睛吸住了。那在他，是一個暗示，好像鼓勵他去做一件他從來不曾夢想過要做的事。

「你能夠借一千塊錢給我嗎？」他幾乎用一種囁嚅的聲音問了。

「好的，」奧勃連答著，把一袋似乎裝得太滿的金沙摔在馬太遜那一袋旁邊。「不過，約翰，我也不大相信那條狗能夠做得到。」

愛多拉都酒店裡的人都離開他們的座位，走來大路看這場賭賽。桌子空著，商人和狗師們都上前要看試驗結果，他們也下賭注。幾百個人，穿著皮衣，戴著半截手套，築堤似地在離雪橇不遠的地方圍繞成圈。馬太遜的雪橇，載著一千磅麵粉，已經停著那兒兩個鐘頭了。而且在零下六十度的嚴寒天氣裡，那些滑板也已經和那被踏實了的冰塊凍結得牢牢的。有人用兩注對一注，賭巴克沒法拖動那雪橇。關於「拖動」這兩個字引起了爭論。奧勃連爭辯著說，敲鬆滑木，讓巴克從一種完全的靜止裡「拖動」雪橇，那是桑頓的特權。馬太遜堅持著說那兩個字，包含了從結了凍的雪裡拖開那些滑板的意思。曾經親眼看見這場打賭成立的人，大多數傾向馬太遜的主張，於是賭注又升高了，成為三對一，賭巴克一定輸。

沒有人賭巴克贏。沒有一個人相信他有能力做這件事。桑頓當初也是不加思索答應打賭的，心情很沉重；而他現在看見那輛雪橇了，看見具體的事實，原來在雪橇前面，還有十條狗的一個正規的隊伍繫在那兒，這樁事情看來更不可能了。馬太遜變成非常得意。

「三對一！」他揚言道：「照這個數目，我們再來賭一千塊吧，桑頓，你看怎樣？」

桑頓的疑惑很強烈地在他臉上表現著，但他的戰鬥精神被激起——那種戰鬥精神使他不管勝負，無法認識什麼是不可能，並且除了戰鬥的喧嚷以外，什麼都聽不見了。他把漢司和彼得喊了來。他們的口袋瘦弱得很，加進他自己的，那三夥計才僅僅湊夠兩百塊錢。在他們窘困的時候，這個總數便是他們全部的財產；而他們仍然毫不躊躇地投下去，對抗馬太遜的六百塊。

那十條狗被解開了，巴克連著他自己的韁具被套到雪橇上。他已經受了那種興奮的感染，他覺得他一定要用什麼方法替約翰・桑頓做一件偉大的事情。對於他壯麗的外貌，讚揚的低語湧起來了。他是在完全的康健狀態中，沒有一盎司的贅肉，一百五十磅的體重完全有一百五十磅的氣派和精力。他的毛衣閃出絡絹一樣的光輝。他的鬃毛垂下脖子分披兩肩，在平時是溫靜地貼著的，這時半豎著幾乎要舉起來，好像那精力過剩，使得每一根毛都變得有生命和活躍起來似的。寬廣的前胸和粗大的前胸配合他的身體的其他部分，顯得非常地勻稱。他的筋肉都在皮下露出結實的捲塊。人們摸著這些肌肉，都說跟鐵一樣堅硬，於是那些賭注又降到二對一了。

「啊！老兄！老兄！」最近暴富的王朝的一員，一個司古堪的販狗大王，吶吶地說：「我出八百塊錢買這條狗，先生。在賭賽之前，就照他這個樣子我出八百塊。」

桑頓搖著頭，走到巴克身邊。

「你要離開他才對呀，」馬太遜抗議了。「讓他自己表演，旁邊不是有許多地方嗎？」

群眾靜下來了；能夠聽見的只有賭錢的人徒然地叫人接受兩個對一個的聲音。每個人都承認巴克是一條了不起的狗，但在他們眼中，還是覺得二十袋五十磅裝的麵粉太重了，沒有一個肯為巴克解開他們的錢袋。

桑頓在巴克旁邊跪下來。他兩手捧起巴克的頭，頰貼頰地依偎著。並不像平常的習慣那樣，玩耍地搖他，也不低聲說出那種溫柔的疼罵；只是在他耳邊私語著：「你是愛我的啊！巴克。你是愛我的啊！」這是他的耳語。於是巴克用壓抑著的熱情輕聲地吠了。

群眾好奇地注視著。事情變得神祕起來了。好像是一種魔術，桑頓一站起來，巴克就用牙齒夾住他半截手套的手，咬了一會，才不情願地慢慢放開。那是他的回答，所用的不是言語，卻是愛情。桑頓退後了幾步。

「預備好啊，巴克！」他說了。

巴克牽緊了那些牽繩，隨後又放鬆了幾吋。這是他已經學到的法子。

「右！」桑頓的聲音，在緊張的沉默裡尖銳地響起來。

巴克向右邊搖擺著，在這動作的末尾，是使鬆著的韁繩完全繃緊，又用一個突然的衝刺，控制住他一百五十磅的體重。那些荷載物振動了，並且從滑板底下發出一種清脆的畢剝聲音。

「左！」桑頓命令了。

巴克這一次是向左邊用了同樣的方法。那畢剝的聲音變成一種爆裂的聲音，雪橇的軸滑動著，滑板也滑動著，並且向一旁滑出了幾吋。雪橇是動了。這時旁觀的人都屏住他們的呼吸，不自覺地緊張著。

「嗨，走呀！」

桑頓的命令像一聲槍響似地爆裂出來。巴克把他身體投向前方，用一種震軋的衝刺拉緊那些繂繩。在這驚人的努力中，他的全身堅實地聚結在一起，他的頭埋向前方，而他的腳瘋狂地飛爬著。踏硬了的雪地被他的腳爪挖成兩道平行的深溝。雪橇搖擺而顫動著，並且稍微向前滑出一點兒了。他的一隻腳滑跌一下，有一個人便高聲地哀叫起來。隨後那輛雪橇前進了一下，停了一下，看來好像一種急速突跳似的，是再沒有完全的靜止了。半吋……一吋……兩吋……那種突跳顯然地減少：當雪橇有了動勢，巴克抓住了機會，慢慢地，那輛雪橇就平穩地一直前進了。

人們喘了口氣又重新開始呼吸了，他們完全不知道他們曾經停止過呼吸好一會兒。桑頓在後面跑著，用簡短的，激勵的字眼增加巴克的勇氣。一百碼的距離老早就測量好了，因此當巴克走近那個接近終點的柴堆時，歡呼的聲音次第增高，等他經過柴堆依命令停了下來，歡呼聲簡直變成雷吼。所有的人都扯鬆自己身上的東西，甚至連馬太遜都不例外。帽子和手套在空中飛舞著。人們互相握著手，誰跟誰握都沒有關係；並且湧起了一陣普遍的，不連接的吵亂。

桑頓獨自跪在巴克旁邊。頭頂著頭，將他一前一後地搖擺著。那些趕上來的人聽見他在疼罵巴克，長久而熱烈地，溫柔而親切地，在疼罵著他。

「啊，老兄！啊，老兄！」那個司古堪的販狗大王急遽地說了。「我要出一千塊錢買他，老兄，一千塊！老兄——一千二百塊吧，老兄。」

桑頓站了起來，他的眼睛濕了。眼淚坦白地淌著，流下他的臉。「先生，」他對那個司古堪的販狗大王說了，「我不賣，先生。去你的蛋。這就是我對你最好的答覆。」

巴克用他的牙咬住了桑頓的手。桑頓將他一前一後地推搖著。旁觀的人好像被一種共通的衝動鼓舞著，為了表示尊敬都退後了幾步；不再那麼隨便地上來打擾了。

7 呼喚的聲音響著

巴克在五分鐘之內替約翰·桑頓贏了一千六百塊錢，使得他的主人能夠償還一些債務，並且和他夥伴旅行到東部去探索一個傳聞中地點不明的金礦。這個金礦的歷史簡直跟阿拉斯加的歷史一樣長久。許多人曾經找過它；沒有誰找得到；而且有不少的人就這樣一去永不回頭。這個失蹤的金礦老早就沉浸在悲劇和神祕之中。沒有人知道最初的發現者是誰。最早的傳說在講到那個發現者之前就沒有了。傳說中談到有過一間古舊而頹倒了的木屋。許多臨死的人發誓說有這回事，而且說找到小屋就找得到金礦。他們得到一個結論，就是那兒有許多金塊，是跟北地所已知的金子的種類絕不相同的。

但活著的人從沒有掘過這個寶庫，而死的已經死了；因此約翰·桑頓和彼得和漢司，帶著巴克和半打別的狗，就在一條沒人走過的雪道上，朝東部前進，要去做一件跟他們有同樣本領的人和狗曾經失敗過的事情。他們趕著橇，走了七十哩路到玉康河，繞向左邊走進司提瓦特河；經過麻約和麥葵順，繼續前進，一直到那條司提瓦特河變成小溪，他們便穿進那些好像是這塊大陸的脊椎骨般的險峻的山峰。

約翰·桑頓是既不求助於別人，也不求助於自然的。他對於荒蠻的地方一點都不害怕。帶著一把鹽和一桿來福槍，他就能夠深入荒山野嶺，高興走到哪裡，就到哪裡，高興停留多久，就停留多久。他一點都不著急，和印第安人一樣，他在旅途中獵取每天的食物；如果找不到食物，他也跟印第安人一樣，繼續前進，他們深信或早或遲終會找得到食物的。在他們走進東部的偉大的旅途上，菜單只有純肉一味，而裝在雪橇上面的荷載，主要的也是些彈藥和器具，就這樣，旅行的時間便可以無限延長了。

這種獵獸，捕魚，和踏過許多陌生土地的無定的漂流，對於巴克簡直是無限的喜悅。有時候他們堅決地走下去，一天又一天，一連走幾個禮拜；有時候幾個禮拜不走，這兒那兒地紮營，這時候，狗閒散著，人們就用火燒透那些凍冰的沙泥做著洞兒，用火的熱力來沖洗著無數盤的冰凍的污泥。有時他們挨著餓，有時他們卻開懷大吃，完全依靠打獵的運氣和獲物的多少來決定。夏天來了，狗和人都揹上要用的東西，用木筏渡過山中的藍色湖泊而用森林裡的直樹鋸成的細長的船上行或下行，渡過許多不知名的河流。

日子來了又去，他們在那荒漠的山野裡縱橫跋涉著。那兒是一個人都沒有的，但倘若真有那個不知所在的木屋，就還有過一些人的。他們在夏季的風雪中越過許多分水嶺，在夜半太陽之下，處於森林線和長年積雪的禿山之上抖顫；夏天在滿是蚊蚋和蒼蠅的山谷，他們在冰河隱蔽之處，採摘著跟南國所能誇耀的一般紅潤一般美麗的草莓和鮮花。那年秋天，他們探進一片不可思議的湖鄉，悲涼而寂寞的，曾經有野禽住過，而現在那裡是既沒有生物，也沒有生命的影子──有的只是冷風吹號，在蔭蔽的地方的積冰，和在淒清的海岸上，那些波浪愁慘的拍擊聲。

另一年的冬天，他們把全部時間都花在那些從前死掉了的人們消泯了的足跡上漂流著。有一次，他們找到了一條在森林裡閃著光的小路，那不知所在的木屋好像很快就要發現了。但那條小徑不知從什麼地方起，也不知到什麼地方止，這件事始終是神祕的，跟造這條小徑的那個人，和他造這條小徑的理由，同樣神祕。另外一次他們偶然發現了一間被風霜剝蝕了的打獵用的小屋，並且在那些腐爛的毛毯的碎片裡，約翰・桑頓找到一桿長筒的燧發槍。他知道那是從前在西北部用，出自哈得生海灣公司的槍械，那時候這樣一桿槍和堆著同樣高度的獺皮一樣貴重。但他們的發現就是這麼多了——對於那個人，他怎樣築起這間小屋，怎樣把槍丟在毛毯堆裡，一點暗示都沒有。

春天又一次降臨了。在所有的漂流的末尾，他們還沒找著那間不知所在的木屋，卻在一個廣闊的山谷裡，找著了一條淺淺的河床，那兒的金子，在淘金盤盤底現出來的就像黃色的牛油一樣。他們不再找別的地方，他們每天淘出來的乾淨的金砂和金塊，可以替他們賺幾千塊錢，他們便天天淘著。黃金被裝在鹿皮袋子裡，五十磅一袋，像許多柴薪似地，堆在那間樅枝的小屋外面。他們像巨人似地工作著，日子一天一天地閃過去，像夢一樣。而他們的金子也越堆越高了。

除了時時把桑頓殺死的野獸拖回來，那些狗無事可做。巴克可以有許多時間在火堆旁邊凝思著。那短腿毛人的幻影便常常在他眼前出現，恰好現在要做的事情很少，於是巴克便常常在火堆旁邊瞇著眼睛，和那毛人在他所記憶的另一個世界裡漫遊著。

這另一個世界特有的東西好像就是恐懼。當他注視著那毛人在火旁睡著，頭放在膝蓋中間，兩手在上面緊扣著的時候，巴克看見他睡得一點都不安靜，常常被驚醒而跳起。這時毛人就會恐布地窺伺著黑暗裡面，而且把更多的柴拋在火裡。如果他們在海濱走著，毛人就在那兒拾些貝殼類的東西，一面拾著一面吃，兩眼到處瞟，看有沒有藏著什麼危險的傢伙，雙腳準備著，隨時可以像一陣狂風似地逃跑。他們在森林走著時，一點聲音都沒有。巴克跟在那毛人後面；他們都是警戒又警戒的，耳朵痙攣地旋動著，鼻孔震顫著，因為那毛人的聽覺和嗅覺和巴克一樣敏銳。那毛人能夠跳起來躍登樹上，並且在那上面走著跟在平地上一樣迅速，用手臂攀援著從樹枝爬到樹枝，有時離十幾呎遠，從這邊放手跳到那邊，從不曾跌落過，也從不曾抓不緊過。事實上，跟在地面上一樣，他是完全習慣於樹中的生活了。巴克有著許多記憶：當那個毛人在樹上棲宿著，而且睡熟了的時候，他便在樹下繼續做著緊緊的守望而徹夜不眠了。

跟這毛人的幻影有密切關聯的是那種呼喚仍然在森林深處響著。那使他充滿一種極度的不安和不可思議的願望。那使他感到一種漠然的、甜蜜的喜悅，使他悟知了他對那野性的熱望，而為他所不知的東西鼓舞著。有時他跑進森林裡面去追逐那種呼喚，像一種可以捉摸的東西，去尋覓它。還受著當時氣氛的支配，或輕或重地吠著。他會把他的鼻子伸進森林裡冰冷的苔蘚上，或者伸進長著長草的黑土裡，快樂地嗅著肥沃的大地的氣息。他也會像躲著似地蹲伏在長滿菌類、傾倒在地的樹身後面，連續幾個小時，睜大眼睛看著、張開耳朵聽著他周圍一切響動著的東西。這樣躺著，也許他是希望嚇嚇那個使他不明白的呼喚。不過他並不知道為什麼他要做出這各種的舉動。他被逼著要這樣做，根本不去管這樣做的理由。

不可抵抗的衝動驅趕著他。即使在營地裡躺著，懶洋洋地在白天的暖氣裡打著瞌睡的時候，他也會突然抬起他的頭，豎起他的耳朵，注意地聽著。接著他就會跳起來跑出去，跑著跑著，經過幾個鐘頭，奔過樹林邊的通路，橫過堆著許多巖塊的原野。他愛跑下乾涸了的河道，愛潛進樹林裡狙擊鳥類的生命。有時他會整天躺在矮樹叢裡，注視著鷓鴣們的咕咕叫聲或者昂首闊步地跳來跳去。但他特別喜歡的是在夏天半夜裡幽暗的微光下跑著，靜聽著森林裡被減弱的夢語，像一個人讀一本書，在讀著各種聲音和符號，並且在找尋著一些呼喚著神祕的東西——那整天不斷地，不論他醒著或睡著，隨時都在呼喚著他回去的東西。

有一天晚上，他突然從夢中驚醒跳了起來，眼睛燃燒著，鼻孔動著嗅著，而鬃毛豎立成一種間歇的浪動。從森林裡傳來的那種呼喚聲（或者只是呼喚的一種調子，因為那呼喚是有許多調子的），是從來沒有過那麼清楚和明確的。一種拉長的吠叫，有點像哈司基狗做出來的某種聲音，但又有點不像。但他用他所熟悉的方法，瞭解了那是他從前聽過的聲音。他跳過了那靜睡著的營幕，迅速而隱沒地穿過了樹林。他越接近那叫聲，就走得越慢，一直到他走近叢林中間的一個廣場，他才看見一匹長而瘦的山狼，挺直腰坐著，鼻子向著天空。

他沒有發出任何聲響，但那匹狼仍然停止了嗥叫，試想找出他的所在。巴克大步地走進廣場，半蹲屈著，緊繃著身體，尾巴策直地豎起，雙腳異常謹慎地踏著步子。所有的動作都顯示出混合的威脅和友誼。那是野獸相遇，常見的一種帶著威嚇的挑戰。但是那匹狼一看見他就跑掉了。他用野性的跳縱追在後面，狂熱地想捕獲牠。巴克把牠趕進一條沒有去路的橫溝裡，那是在一條小河的河床裡，一大堆漂木擋住了牠的去路。像左依和所有被追到的哈司基狗所用的辦法一樣，那匹狼以後腿如軸旋轉過身，咆哮地豎起毛髮，牙齒咬得喳喳作響。

巴克並不攻擊，只在牠前面迴旋著，用友誼的表示攔阻住牠。那匹狼是疑懼而又恐慌的；因為在體量上巴克有牠三倍那麼大，同時牠的腦袋僅僅齊到巴克的肩膀。牠看準機會，衝了出去，於是那種追逐又重新開始。幾次牠被追到了又衝了出來；不過牠已經逐漸疲乏，否則巴克不能夠那麼容易便趕上牠。在巴克的頭平著牠的腰腹的時候，牠會不得已地轉過身來，而又乘著最好的機會衝走掉了。

最後，巴克的固執達到了目的，因為那匹狼逐漸發覺他並無意加害於牠，便終於和他嗅了嗅鼻子。於是他們變成了朋友，用野獸掩飾他們凶猛的那種雄健的謙遜態度玩著。這樣玩了一會兒之後，那匹狼用一種明顯表示牠要到什麼地方去的神氣，迅速地跳走。牠使巴克明白他也要一道去，於是他們便並排地跑著，穿過那淒寂的微光，直上河床，走進水源所經的山峽，越過水源所在的荒涼的分水嶺了。

他們走下分水嶺另一面的斜坡，便到了一片廣大的平地上。那兒有廣大而繁茂的森林和許多溪流，他們堅決地穿過這些大森林跑著，一小時又一小時，太陽逐漸升高，天氣也逐漸變暖了。巴克感到如狂的喜悅。他知道他終於在回答著那呼喚，跟著他的狼兄弟，跑回那呼喚聲傳來的地方。從前的記憶急速地浮上心頭，像他對於從前的現實感到過心驚肉跳一樣，他現在對那陰影的記憶也感著心驚肉跳了。這樣的事情從前在他依稀可記的世界裡他是曾經做過的，而現在他又在做著：在廣大的原野裡自由奔跑著，踏著腳底下柔軟的大地，頭上頂著無涯的天空。

他們在一條流泉旁邊停下來喝水，因為一停腳，巴克便想起了約翰·桑頓。他坐下了。那匹狼開始向那真正傳來呼喚聲的地方繼續走了去，不久，又回到他那兒，嗅著鼻子，做著各種動作，好像要來鼓勵他。但巴克轉身向後，在原路上開始緩慢地走著。野狼跟在他身邊跑了將近一個鐘頭，輕聲地哼叫著。隨後牠坐了下來，鼻子朝著天空，長嗥了起來。那是一種悲慘的長嗥，但因為巴克堅決地繼續走他自己的路，他便聽見那嗥聲逐漸微弱，一直到後來，就消失在遙遠的距離裡了。

當巴克跳進帳幕的時候，約翰・桑頓正在吃著午餐。巴克用一種狂亂的熱愛撲到他身上，掀撞著他，抓扒著他，舐著他的臉，啃著他的手——像桑頓所謂的「玩著愚蠢的把戲」。而約翰・桑頓也一前一後地搖擺著巴克，疼愛地咒罵著他。

有兩天兩夜巴克沒離開過營幕，沒有讓桑頓溜出過他的視線之外。桑頓工作的時候，他緊隨著他，他吃飯的時候注視著他，晚上望著他捲進毛毯裡，早上望著他鑽出毛毯外。但兩天之後，那森林裡的呼喚聲此從前更強烈地響起來了。巴克的不安又重新盤據在他心上；他和那個狼兄弟，在分水嶺前面的含笑大地，並排地穿過那廣大而繁茂的森林奔跑，他的心完全被這種追憶充滿了。於是他又在森林裡徘徊，可是那狼兄弟並不再來；而且即使他徹夜不眠地聽著，那悲切的長嗥卻不再響起。

他開始整夜睡在外面，有一次甚至幾天停留在外面不回營幕裡來；又有一次，他越過那條小河的源頭上的分水嶺，走進那片廣大的森林和溪流的平原。他在那兒徘徊了一個禮拜，空無所得地尋覓著那個狼兄弟新的痕跡；當他用那好像永遠不會疲倦的輕快步伐旅行著的時候，就常常殺些東西來果腹。他在一條不知從什麼地方流注入海的寬闊的河裡捕取鮭魚，而就在這河邊，他把一頭大黑熊殺死了。那頭熊同樣地在捕魚，被蚊蟲弄瞎了眼睛，而在森林裡無助而可怕地怒跳著。雖是這樣，那仍然是一場惡戰，這場惡戰把巴克潛在的殘餘的凶猛性都發揮出來了。又過了兩天，當他回到他的戰利品那裡，發現有十幾匹狼在爭奪著他的戰利品，他把牠們像糠屑似地驅散開；在那狼群裡，跑得較慢的兩個，以後便絕不敢再爭奪什麼了。

對血的熱望變得比以前更加強烈。他是一個殺戮者，一個獵物而食的傢伙，不需要幫助，靠著自己的體力和勇氣，可以獨立地在生命的東西上面生活著；他在一個戰鬥的，只有強者才能生存的環境中，奏著生存的凱歌。為此，他心裡感到一種很大的誇傲，像傳染病似地，傳布到他的肉體裡面去。從他的一舉一動表現出來，顯露在他的筋肉運動中；又像說話那樣清楚地在他舉止態度上宣示出來，而且把他輝耀的毛衣弄得更加輝耀。要不是他嘴巴和眼睛上閃藏的棕色，以及胸膛的白毛，他是很容易被誤認為一頭巨大無比的狼——比狼種裡最大的還要大些的野狼的。從他聖伯納種的父親那兒，他繼承了身段和重量，但給他這個體形的，卻是他牧犬種的母親。他的嘴是長形的狼嘴，不過卻比任何的狼嘴還大；而他的頭也是一個規模巨大的狼頭，而且還比一般的狼頭更寬些。

他的狡猾是狼的狡猾，也是野性的狡猾；他的智慧，是牧場的智慧和聖伯納的智慧；而所有這些，加上一種在最嚴酷的訓練裡獲得的經驗，便把他造成跟任何在荒野裡遨遊的東西一樣可怕的生物。他是一頭靠吃肉類過活的肉食動物，現在正是百花盛開，在他生命的高潮裡，全身滿溢著精力和活氣。當桑頓的手撫過他的背脊，一種畢剝爆裂的聲音跟著那隻手響起來，每一根毛都因這種擦觸而放射著它潛在的磁性。所有的部位，腦部和身體，神經組織和纖維，都被調撥到最緊張的程度。而在所有各部分之間，又有一種完全的均衡或調整。對於形象和聲音和需要應付的事件，他都閃電般地感應著。哈司基狗能夠很快地跳起來防禦或者攻擊，而他能跳得兩倍快。他看見一個動作，或聽見一種聲音，而且感應了，所需的時間此別條狗做的要少得很多。他在同一瞬間裡知覺了，判斷了，而且感應了。在事實上，知覺、判斷和感應這三個動作是有次序的；但它們之間，時間的暫隔是那麼微小，因此看起來竟像是同時。他的筋肉充滿了元氣，因此像鋼弦一樣，尖銳地發出音響。生命像壯麗的洪水似地，那喜悅和狂熱的生命在他全身裡循流著，以至於在純然恍惚忘我的境界裡，要把他脹裂開來，而普遍地流向整個世界。

「真不會見到這樣的一條狗了。」當那幾個夥計望著巴克大步走出營幕的時候，約翰．桑頓有一天這樣說了。

「大概把他造出來的時候，模型就被弄碎了罷。」彼得說。

「一點都不錯！我自己也這樣想哪！」漢司同意地說。

他們看見他大步走出營地，但他們卻沒有看見他一走進神祕的森林裡便馬上發生的，那種急速而可怕的變化。他不再大步走著了。他立刻變成一匹野性的東西，輕輕地躡著腳，用貓步走著，簡直是在無數陰影中間忽隱忽現的一個迅速的陰影。他知道怎樣利用掩蔽物，像蛇似地用肚子爬行，並且像蛇似地跳躍和襲擊。他能夠從巢裡捕捉松雞，殺死睡著的兔子；如果那些小金花鼠上樹時遲一秒鐘，他能夠在半空中撲住牠們。對他來說，解凍了的池塘裡的魚，不算是游得太快的東西；而修補著自己堤堰的海獺，也不算是太機警的動物。他為吃而殺，並不是為的輕狂；不過他寧願吃他自己殺死的食物。因此有一種潛藏著的幽默感流貫他所有的行為；從旁邊窺伺著那些松鼠，並且，在快捉到牠們的時候，故意放牠們走，讓牠們一面跑上樹頂，一面在死的恐怖裡鳴叫著——這卻是他的愉快。

那年秋天來臨的時候，麋鹿大量地出現了。牠們緩緩地向下遷徙，預備在比較低、比較不嚴寒的山谷裡過冬。巴克已經殺死一隻離群的半大的小鹿；不過他強烈地希望著更大更凶狠的戰鬥。有一天他在那條小河源頭的分水嶺上，碰到機會了。大約二十隻的一隊麋鹿，從那片森林和溪流的平地橫跨了過來，為首的是一匹大牡鹿。牠的脾氣很凶惡，站起來有六呎多高，是一個連巴克都不敢期望的凶狠的敵人。那隻牡鹿一前一後地搖蕩著。牠的掌形大角，長了十四根岔枝，兩邊枝尖的距離有七呎多寬。牠一看見巴克，眼睛就閃著惡毒的光輝。

那匹牡鹿腰部前面一點的地方，突出一種箭鏃般的羽毛，那表示牠的凶殘。受了從原始世界狩獵生活傳來的本能的指導，巴克設法要使那隻牡鹿離開那個鹿群。那不是一件輕易的事。他要在那隻牡鹿面前繞著吠和跳，而且要站離那些大鹿角，以及那些只要一踢便能夠把他生命踢掉的、扁闊的鹿蹄剛剛好踢不到的地方。那隻牡鹿因為不能轉身，背對這長牙的危險物走路，便被逼得暴怒發作了。這時他就會進攻巴克，而巴克卻巧妙地退走著，用一種假裝的欲逃不能的樣子，引誘著牠前進。但在牠這樣離開牠旅伴的時候，兩隻或者三隻較年輕的牡鹿就會轉回來向巴克進擊，使那受了傷的牡鹿能夠重新加進大隊裡。

所有的野生動物都具有一種耐性。糾纏不休的，不知疲倦的，像生命本身一樣固執。那使得蜘蛛在他的網裡，蛇在牠的盤繞中，豹在牠的埋伏裡，可以動都不動地經過無數的時間；這種耐性特別表現在當一種生物獵取著養活牠的食品時，因此它就表現在巴克身上了。他緊跟著鹿群兩側，阻礙牠們前進，使那些年輕的牡鹿激怒著，使那些牝鹿和牠們才剛要長大的小鹿擔憂著，並且逼迫著受傷的牡鹿無法控制地發狂暴怒。這種狀態持續了半天。巴克把他一身化成幾身，從四面八方向牠們襲擊著，用一陣威脅的旋風包圍了整個鹿群，使他的受害者沒有工夫重入鹿群，便被截離開來；這樣，那本來就比獵食者少有耐性的被獵食的動物，就逐漸失去牠的耐性。

白晝慢慢過完，太陽跌在它西北邊的床裡。黑夜已經來臨，秋夜只有六個小時長。那些年輕的牡鹿對於走回頭救助牠們被擊倒的首領，越來越覺得勉強。正在降臨著的冬天，使牠們很擔憂，一心要快點走到較低的平地去，而照現在的情形看來，牠們是絕不能擺脫這個使牠們常常跑回頭的，不知疲倦的動物了。而除此之外，受著恫嚇的，不是鹿群的生命，也不是年輕的牡鹿的生命。只有一員的生命被要求著，和牠們自己的生命比起來，那不過是一種較疏遠的關心，最後牠們都願意繳出那個當做買路稅了。

當黃昏來臨的時候，那隻老牡鹿低著頭站在那裡，注視著牠的同伴——牠曾經親愛過的那些牝鹿，牠曾經做過父親的那些小鹿，他曾經做過主人的那些牡鹿——望著牠們用迅速的腳步，蹣跚地走進幽暗的微光裡去了。牠跟不上，因為在牠前面，那無慈悲的長牙的恐布者跳躍著不讓牠走。牠的體重有一千三百磅；牠也曾經過一個充滿戰鬥的長期的、雄壯的生活，而現在面對這隻腦袋不及牠粗大的膝蓋高的動物的牙齒前，牠竟面對著死亡了。

從那時起，無晝無夜地，巴克絕不放鬆他的獵物一步，絕不給牠一會兒的休息，絕不允許牠吃一片樹葉，或者吃一點樺木和柳樹的嫩芽。在牠們渡過那些涓涓細流的時候，他也絕不給那隻受了傷的牡鹿一個機會，來治癒牠那焚燒似的乾渴。常常在失望之中，牠突然放大腳步飛跑起來。在這種時候，巴克並不企圖停止牠，只是在牠後面大步跳著，覺得這樣玩法倒很有趣；當那隻鹿站住的時候，他就躺在旁邊，如果牠努力要吃或喝，他就凶猛地襲擊著牠。

在牠那角枝底下的那個大腦袋越來越低垂，而那蹣跚的腳步也變成越來越軟弱了。牠往往要站上好久，鼻子貼著地面，喪氣的耳朵軟弱地下垂著；而巴克覺得有很寬裕的時間自己喝點水，並且休息一下。在用他紅的吊著的舌頭喘著氣，兩眼凝視著那隻大鹿的這種時候，巴克就感到似乎各種事物的表面都在起著一種變化了。他能夠在這地方感覺到一種新的鼓動。正如那隻鹿走進來這裡一樣，別種生物都走著進來了。森林和溪流和空氣都好像因為牠們的出現而生出悸動。給他帶來了這種消息的，不是形象，不是聲音，也不是氣味，而是某種特別的微妙的感覺。他沒有聽見什麼，沒有看見什麼，但仍然知道這地方是多少有點不同的；而且在這上面有奇怪的東西在步行著和漫遊著；於是他便決定了在他做完了目前這件事之後，要來查究一下。

終於在第四天的末尾，他把那隻大鹿打倒了。有一天一夜他停留在那屍體旁邊，吃著又睡著，睡著又吃著。隨後，等他休息過了，恢復精力了，而且強壯了，他就反轉他的臉向營幕和約翰·桑頓走回去。他悠悠然輕快地走著，一小時又一小時地繼續走著，絕不迷失在紛亂的路徑裡，經過這陌生的荒野一直走回家，他判斷方向的正確，真會使一個人和他的指南針感到慚愧。

他一面向前走，一面就更意識到那地方裡的新騷動了。有些生物在那兒走動著，跟整個夏天住在那兒的生物有點兒不同。這種事實不再是由於什麼微妙神祕的方法傳達給他的。雀鳥們談著這件事，松鼠囀鳴著這件事，甚至那微風也低語著這件事。有幾次，他停下來，用深長的呼吸嗅入那清爽的晨風，便嗅出一種消息，使他用更快的速度跳著走。他感受到了一種危難在發生著的壓迫，而不知危難是否已經發生了；因此在他越過最後的分水線，直向露營地，奔下山谷時，他用更大的警戒前進著。

走了三哩路，他看到了一條新的雪道，他的鬃毛打轉地直豎起來。路是一直向著營幕和約翰．桑頓那兒去的。巴克越加急忙，迅速而隱祕地跑，所有的神經都緊張著，警醒地在考察許許多多的詳細跡象，這些已說明了整個故事，只是結局還不明顯而已。他的鼻子給了他種種的報告，告訴他有許多生物曾經在這兒通過，他正跟著他們後面走。他觀察著那森林裡意味深長的沉默。鳥雀都飛跑了。松鼠都躲藏起來。他只看見一隻——一隻光滑的灰色的松鼠，爬在一條灰色的樹幹上面，好像是那樹幹的一部分，是那樹幹的一個木瘤。

當巴克像一個滑行著的鬼影似地潛走著的時候，他的鼻子突然被扯到一邊，好像有一股明確的力量把牠捏住而且拉著似的。他跟隨那種新的氣味走進一個叢林裡，便發見了尼格。他橫仆著身體，死在他身體拖到不能再拖的那塊地方，一枝箭穿過他的身體，一邊露出箭頭，一邊露出箭毛。

向前再走一百碼，巴克看見了那條桑頓在道生買來的拖橇狗。這條狗躺在路當中，是在一場凶狠的戰鬥裡被毒打死掉的，巴克沒有停留，繞過他身邊向前走去。從營地那邊傳來了微弱的各種聲音，一起一落地在唱著一種單調的歌曲。蛇行地爬到那營地邊緣，他發見了漢司仆伏在地，像一條豪豬似地渾身插滿箭毛。在同一瞬間巴克向樅枝小屋窺探了一下，看見了一些使他脖子和雙肩上的毛髮直聳起來的東西。一陣抵受不住的憤怒掃過他身上。他並不意識到自己在咆哮著，但他吼得凶猛而可怕。這是他一生最後一次讓熱情壓倒狡猾和理性，只是因為他對約翰·桑頓深切的愛，才使他喪失了他的思慮。

當那些印第安的依哈茲土人聽見一聲可布的怒吼，而且看見一匹他們從來沒有見過的野獸向他身上衝過來的時候，他們正在那樅枝小屋的殘骸上跳舞。那是巴克，像一陣生動的狂怒的颶風，向他們猛撲過來，想發狂地毀滅他們。他撲向那為首的人——依哈茲族的酋長，把他喉嚨撕開了一條寬縫，直到那破裂的頸靜脈湧出一股噴泉般的血液來。他並不停止，也不去關心那犧牲者。只是挨次地咬著，只一跳就把第二個人的喉嚨撕開了。沒有辦法抗拒他。他突躍到他們正中，扯著，撕著，毀裂著，他的動作是不停的，可怕的。使得他們向他放射的箭矢毫無效用。事實上，他的動作是那麼不可思議地迅速，而那些印第安人又是那麼密集地纏在一起，因此他們只是用箭互相射著；就有一個年輕的獵師，臨空對巴克投了一枝標槍，結果卻穿過了另一個獵師的胸膛；因為他用的氣力很大，那槍尖刺過對方的背脊，而穿出身外。於是依哈茲人驚嚇起來，萬分害怕地向森林裡逃去，跟他們逃避惡魔的降臨一樣地大叫著。

巴克也實在是惡魔的化身，就在他們後面追奔著。當他們跑進樹林，巴克把他們像麋鹿似地拖了下來·那一天是依哈茲族的一個受難日。他們在整個荒野裡遠遠地廣闊地分散了，直到一個禮拜之後，那些最後的生還者才能夠在一個地勢較低的平野裡，聚集起來，估計他們的損失。巴克因為追得疲倦了，便也回到那被蹂躪過的營地去。他發現彼得，是在剛剛驚醒的那瞬間，被殺死在他毛毯裡的。桑頓絕望的掙扎痕跡鮮明地刻畫在地上，巴克細心地到處嗅著，直到一個深池的邊緣。司基特躺在池邊，腦袋和前腳浸在水裡，已經盡忠到最後的一口氣。那口池本身被濾礦箱攪成混濁的泥漿，裡面有什麼東西，一點都看不出來，而其實那裡面是藏著約翰·桑頓的；因為巴克跟著他的足跡嗅，見那足跡進了水以後便沒有再引到別地方去的痕跡。

整天地，巴克不是在池邊沉思著，就是無休止地在營地打著轉。死亡正如一個運動的停止，正如從活動的東西的生命那裡離開和遠去，他是知道的，因此他也知道約翰·桑頓是死掉了。這在他心中留下了一個大空虛，多少有點像飢餓，但一種頻頻作痛的空虛，卻不是食物能夠填補得滿的。有幾次，當他沉默地注視著那些依哈茲土人的屍體的時候，他才忘卻了空虛的痛苦；而且在這種時候，他便感覺到一種很大的誇傲——一種比他所經驗過的誇傲更大的誇傲。他曾經殺死了人，一切獵物中最高貴的東西，而且他是在棍子和牙齒的法律面前殺死他們的。他好奇地嗅著這些屍體。他們那麼容易就被殺死。殺死一條哈司基狗要比殺死他們還難些。假使他們沒有箭矢和標槍和棍棒，那他們就完全不是敵手。今後，除非他們手裡帶著箭矢、標槍和棍棒，否則他就用不著再怕他們。

夜來了。一輪滿月越過樹頂，高高地升上空中，輝耀著大地，一直到它消失在陰暗的白晝裡。和夜的來臨同時，那在池邊沉思著、悲傷著的巴克，又變成活躍起來。因為在森林裡有一種新生命的激動，那和依哈茲土人所造成的並不相同。他站起來，聽著，嗅著。從遠遠的地方浮起了一種幽微的，尖銳的嗥叫，跟著有一種同樣尖銳的嗥叫的合奏。幾次以後，巴克又曉得那是在他記憶裡長存，在另一個世界裡所聽到過的東西。他走到那廣場中央，靜聽著。就是那種呼喚，那多種調子的呼喚，比從前更加誘惑更有強制力地響著。從前絕不曾這樣想過的，他如今準備服從了。約翰·桑頓死了，那最後的牽繫斷了。人和人的要求再也束縛不住他了。

跟依哈茲土人獵取遷徙著的鹿群一樣，狼群也因為獵取著活動的肉食，從那片有溪流和森林的平地跨了過來，終於侵進巴克的山谷了。在月明如水的空曠土地裡，牠們像一股銀色的洪水似地流著。巴克就在開闊地的中央，像一座石像般屹立不動，等著牠們來。他是那樣靜穆而碩大地站著，使牠們畏懼寂靜了好一會兒，直到後來才有一匹最勇敢的狼，直向他撲過去。巴克作了閃電般的攻擊，一下子就咬裂了牠的脖子。然後他又像剛才一樣，站著不動，那匹受了傷的狼在他後面疼痛地打著滾。另外三匹試著做迅速的進攻；可是牠們一個一個地被打退，牠們的喉嚨或肩膀都被咬傷而淌著血。

這足夠使得整個狼群憤怒了，牠們蜂擁而上，亂紛紛地擠在一起，因為急切地希望打倒敵手，反而互相阻塞著混亂著。巴克出奇的迅速和敏捷使他占著優勢。他用後腿旋轉著身體，一面撲打一面咬，立刻就好像到處都有他，那麼神速地前後左右旋轉和防衛，儼然做成一道無法攻破的防線。但為要防止牠們從後面暗算他，他不得已向後退下，經過池邊一直退到河床裡，在一堵高高的沙堤前面他停了腳。他在那些人們採礦時造成的沙堤裡找到了一個直角形的角落。在這個彎角，他就回身再打，因為三方面有了屏障，他用不著提防，只要正面迎敵就可以了。

因為他把戰線布置得那麼穩固，所以半個鐘頭之後，那群狼便敗北地退卻了。所有的舌頭都吊在外面，那些白牙在月光裡發出慘白的顏色。有些腦袋抬高，耳朵向前豎起來地躺著；有些站著，凝視著他；還有一些，卻從池裡舐著水吃。有一匹瘦長而灰色的狼，用一種友誼的態度，謹慎地走上前來了，巴克馬上便記起了那是曾和他同跑過一天一夜的狼兄弟。他輕聲地哀訴著，而巴克也哀訴著，於是他們便碰了鼻子。

隨後一匹瘦削的、滿身戰痕的老狼走了上前。巴克扭歪嘴唇，作一種怒吼的準備姿態，但到底也和牠嗅了鼻子。因此那匹老狼坐下了，向著月亮，舉起鼻子，而發出了那種悠長的狼嚎。其餘的狼也坐下來嘷叫。現在，巴克終於聽到聲調清楚的那種呼喚。於是他也坐下來嘷叫了。之後，他走出了他站著的角落，那群狼便圍住他，跟他用半友誼半野蠻的態度嗅著鼻子。那些領袖們帶起了狼群的吠歌，飛跳到森林裡去。那些狼合唱著跟在後面。巴克就和牠們一道跑，和那些狼兄弟肩並著肩，一面跑著一面叫著。

巴克的故事到這裡很可以結束了。沒有幾年工夫，那些依哈茲土人就注意到狼種裡起了一種變化；因為他們看見有些狼，頭上和嘴上有棕色的細毛，而在胸部中間，有一綹白斑。但比這更值得注意的，是那些依哈茲土人談著一匹在狼群前頭跑著的「妖狗」。他們很怕這條妖狗，因為牠有此他們更厲害的狡猾，在嚴冬裡偷劫他們的營幕，破壞他們的陷阱，殺死他們的狗，並且擊敗他們最勇敢的獵師。

不僅如此，故事愈變愈壞。有許多獵師出去了就不見回來，有許多獵師被他們族人發見了，但喉嚨已經被殘酷地撕開，而在他們周圍的雪地裡有著狼的腳印，比任何狼的腳印都要大些。每年秋天，當這些依哈茲人追捕那些遷徙的麋鹿的時候，有一個山谷是他們永遠不敢進去的。同時有許多婦女們，當她們圍著火堆，談到那個惡魔怎麼會選中那個山谷當做居住的地方時，就悲傷了起來。

每年的夏季，無論如何，都有一個為依哈茲土人所不知道的探訪者到那山谷裡去。那是一匹碩大的，毛色美觀的狼，和所有其他的狼有點相像，又有點不像。他獨自越過那片含笑的森林的大地，走下那樹木圍繞的廣場裡。那裡，從枯朽的鹿皮袋子裡流出許多黃色的礦物，而且慢慢地沁到地裡面去。地上荒草遍生，植物的碎層遮蓋著它們，掩住它們的金光，使它們見不到太陽。他便在那兒沉思一會兒，而且每次離開之前，都要做一次悠長而愁慘的嚎叫。

但他並不常是獨來獨往的。當漫長的冬夜來臨，狼群追捕食物而走進地勢較低的山谷的時候，便可以看見他在狼群的前頭跑著。踏過那灰冷的月色或閃爍的北極光，他跳躍著的巨大身軀都在他所有同伴之上，從他那宏亮的喉嚨唱出的一首原始世界的歌，那也就是狼群之歌。

傑克．倫敦年表

1876年　傑克．倫敦在2月12日，生於加州舊金山，是福蘿拉．威爾曼（Flora Wellman）唯一的孩子。她以她的父親威廉．亨利．肯尼為名，在1874到1875年間，以走街占星算命為業。在1876年的9月7日，與約翰，倫敦（John London）結婚。他是一個鰥夫，帶有兩個女兒，伊莉莎和伊達。這個剛生下的小孩被命名為約翰．格利佛茲．倫敦(John Griffith London)。

1891年　在加州住過了好幾所農場和田莊，而後，倫敦在奧克蘭完成了初級文法教育。在罐頭工廠做工，並以三百元的代價，買下了一艘單桅小帆船——顛簸號——這筆錢當然是借來的。又偷搶養蠔場的蠣、蚌；而後，加入加州釣魚巡邏艦隊。

1893年　在獵豹船蘇菲・薩瑟蘭號上當水手，於海上航行七個月。以〈日本海岸颱風襲擊故事〉一文，贏得《舊金山晨報》「最佳敘述」第一獎。

1894年　徒步跋涉橫貫各州，之後，詳述此次經驗於《在路途上》(1907年出版)。

1895年　在奧克蘭完成中學教育，並為學生雜誌《高中護衛》寫專欄。

1896年　參加社會工作俱樂部，進入加州大學修業一個學期。

1897年　參加克隆岱克尋金潮，整個冬天在育空區度過。約翰・倫敦在這一年死去。

1899年　在《海外月刊》上，發表〈給追獵的人〉(To the Man on Trail)以及其他北國的故事；開始銷售其他題材的文章給報章雜誌。

1900年　在《大西洋月刊》上發表〈北國的奧德塞〉(An Odyssey of the North)，與貝姬・梅登(Bessie Madern)結婚。《狼子》(*The Son of the Wolf*)出版。

1901年　第一個女兒瓊(Joan)，在2月10日出生。

1902年　在英國倫敦的東端（為一貧民區），住了六個星期，為《地獄的人們》（*The People of the Abyss*，1903年出版）收集資料。第二個女兒，貝琪（Becky）在10月20日出生。第一部長篇小說，《雪鄉的女兒》（*A Doughter of the Snows*）由李賓卡特出版。

1903年　與貝姬分開。《野性的呼喚》（*The Call of the Wild*）為他帶來舉世的稱譽。

1904年　在日俄戰爭中擔任戰地記者。貝姬主動提出離婚。

1905年　與卻爾敏・啟瑞姬（Charmian Kittredge）結婚。在接近加州葛蘭、伊蘭附近買了一個大農場。演講遍布東部，包括在哈佛大學佇足。

1906年　在耶魯大學，卡內基廳（Carnegie Hall）演講，並遍及中西部。為柯里爾出版機構報導舊金山大地震消息。開始建造有名的那隻雙桅船「怪獸號」（Snark）。

1907年　乘怪獸號從奧克蘭出發，訪問夏威夷、馬貴斯群島，以及大溪地。被羅斯福總統以「自然的偽裝」(Nature Faking)為名，公開指責。

1908年 短暫回家後，又隨瑪俐婆莎汽艦航行海上；徹底處理了財務，而後又繼續怪獸號的航行，到薩摩亞群島。以及所羅門群島。以〈其他的動物〉(The Other Animals)一文，答覆羅斯福總統的「自然的偽裝」的攻擊。

1909年 在澳洲雪梨，因患了熱病而住院。放棄駕怪獸號航行全世界的計畫；取運厄瓜多爾、巴拿馬、新奧爾良，以及大峽谷。

1910年 傾注所有精力去建造所謂「美麗的大農場」；開始建造「狼屋」(Wolf House)，整棟屋子的設計以屹立千年為目的。第三個女兒喬(Joy)出生，隨即死亡。

1911年 駕著一輛四匹馬的大馬車，帶著卻爾敏與僕人納卡達，遊歷南加利福尼亞以及奧勒岡。

1912年 航行穿過好望角，卻爾敏的第二個孩子流產。

1913年　發表〈深淵的殘暴者〉（The Abymal Brute），是篇有獎徵文小說，以「拳擊師的晚禮服」為腳本，許多情節取自於辛克萊·路易斯（Sinclair Lewis）；另外《約翰·巴利康》（*John Barleycorn*）贏得最佳暢銷書列，是一部自傳體的、有關酒精中毒的論述。狼屋為火所燬，疑為別人所縱焚。

1914年　為柯里爾出版機構報導墨西哥革命；因數度患痢疾而被迫回家。

1915年　在夏威夷住了好幾個月，希望能恢復健康。

1916年　退出社會俱樂部，原因是：「它缺乏火熱與爭戰，並且在強調階級鬥爭上迷失了。」患了嚴重的尿毒症與風濕病；被他的醫生警告戒酒，並指定飲食。11月22日死於腸胃尿毒。

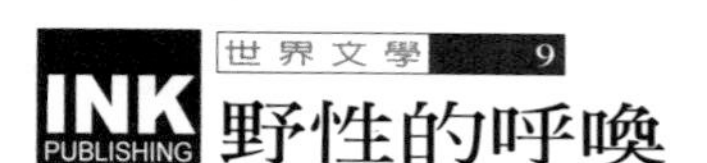

The Call of the Wild

作　　者　傑克．倫敦　Jack London
總 編 輯　初安民
責任編輯　陳健瑜
美術編輯　黃昶憲
校　　對　張淑芬　李　文

發 行 人　張書銘
出　　版　INK印刻文學生活雜誌出版有限公司
新北市中和區中正路800號13樓之3
電　　話　02-22281626
傳　　眞　02-22281598
e-mail　ink.book@msa.hinet.net
網　　址　舒讀網http://www.sudu.cc

法律顧問　漢廷法律事務所
劉大正律師
總 經 銷　成陽出版股份有限公司
電　　話　03-3589000（代表號）
傳　　眞　03-3556521
郵政劃撥　19000691　成陽出版股份有限公司
印　　刷　海王印刷事業股份有限公司

港澳總經銷　泛華發行代理有限公司
地　　址　香港筲箕灣東旺道3號星島新聞集團大廈3樓
電　　話　852-27982220
傳　　眞　852-27965471
網　　址　www.gccd.com.hk

出版日期　2003年 1 月　初版
2013年 4 月　二版
2013年 6 月 10日　二版二刷
ISBN　978-986-5933-97-5

定　　價　160元
特　　價　120元

國家圖書館出版品預行編目資料

野性的呼喚／傑克．倫敦　著；二版
－－新北市中和區：INK印刻文學,
2013.04　面；公分.－－（世界文學；9）
譯自：*The Call of the Wild*
ISBN 978-986-5933-97-5（平裝）
874.57　　102005326